플라밍고의 춤

박진우 장편소설

플라밍고의 춤

만인사

| 머리말 |

작은 꿈을 세상에 선보이며

  뽀얀 먼지가 쌓여 있던 책상 서랍 구석에 구깃구깃 접혀 있던 낭만(浪漫)을 펼치다. 불혹을 눈 앞에 둔 나이에 '꿈'이라는 단어를 내세우기가 왠지 철없게 느껴져 '낭만'이라는 단어로 치환했지만 내가 원했던 수준으로 그 사리 분별력이 있어 보이지는 않는다.
  그러나 언제부터인가 내가 하고 싶었던 일, 즐겁게 할 수 있을 것만 같은 실속 없는 일들은 냉혹한 현실에서 꺼내기조차 힘든 사치가 되어 버렸다. 매번 같은 일상으로 반복되어 무심히 지나치던 차창 밖 그림들을 쳐다보다 오랜 시간 마음 한편에 방치된 바람이 떠올랐다. 순간 잔뜩 입에 바람을 불어넣고 뿜어내자 수북이 쌓여 있던 먼지가 걷혔다. 여전히 경쟁의 삶은 현재 진행형이지만 과감히 분수에 지나친 행위를 하고자 마음먹었다.
  10년 전 술자리에서 선배 장교가 들려준 사건을 머릿속에서 재구성하며 자판을 열심히 두드리기 시작했다. 바람이나 의지와 상관없이 불쑥불쑥 고개를 내미는 생각들을 주워 담으며 허하게 비어있던 틀을 채워 나갔다. 길지 않은 인생에서 깨달은 바를 담고 싶어 아무 죄 없는 자연현상을 끌어와 악역으로 둔갑시켰다. 수평선, 사전적 의미로 물과 하늘이 맞닿아 경계를 이루는 선을 의미한다. 그러나 우리 눈에 보이는 물과 하늘이 직접 만나는 면은 실제로 존재하지 않으며 물리적으로도 불가능하다. 그저 사람들의 눈을 속이는 또 다른 신기루일 뿐이다.

현재를 살아가는 우리는 주변에 일상화되어 버린 수평선과 같은 교활한 프레임에 속고, 비합리적인 고정관념에 갇힌 가해자인 동시에 또 다른 시선의 피해자는 아닐까? 2018년 하반기 기무사 계엄령 문건 파문으로 해편(解編)까지 감행한 '국군 기무사령부'라는 폐쇄성을 지닌 군 정보기관과 그들의 활동을 소재로 사건을 전개했다. 이야기 속 1인 다역의 플라밍고는 이기심으로 똘똘 뭉친 아전인수의 시대에 대한 저항인 동시에 우리 터전의 안전을 위협하는 이적 세력으로 그려내고 싶었다.

빈약한 필력으로 쓰여진 원고가 장편소설 『플라밍고의 춤』이란 단행본으로서 빛을 보게 된 것은 큰 기쁨이다. 또한 사회적 지위와 경제적 능력으로 사람의 인생이 평가되는 냉정한 삶의 연속선상에서 미약하나마 바래왔던 작은 꿈을 세상에 내놓을 수 있게 되어 행복하다. 무엇보다 나를 먼저 생각하고 배려해주는 아내에게 감사하다. 아울러 부족한 아들에게 항상 신뢰를 보내주시는 아버지, 어머니, 장인 어른과 장모님께 감사의 뜻을 전한다.

끝으로 『플라밍고의 춤』이 책으로 출간될 수 있도록 직접 교열과 지도를 아끼지 않은 박진형 시인께도 심심한 경의를 표한다.

2019년 3월 31일
베트남 하노이에서

차례

|머리말|
작은 꿈을 세상에 선보이며·4

1. 기무사 중앙 보안 검열
수평선·11
여우비·13
빈부 격차·17
회귀·24
GOP 괴담·32
만남, 그리고 기회·39
우연·46

2. 새로운 인연
후조(候鳥)·59
둔치·61
필연·65
플라밍고 유흥주점·70
인연·79
불쾌한 반전·84
기다림·87
또 다른 가족·93

차례

계획된 변화 · 99
부족한 설명 · 104
미꾸라지 · 110

3. 플라밍고의 유혹

플라밍고 · 119
슬픔의 시작점 · 121
축배의 머그잔 · 130
자신을 위한 보호 · 139
배은망덕 · 148
원했던 전개 · 153
운명의 시작 · 161

4. 검은 수평선

도돌이표 · 173
또 다른 전환 · 175
성동격서 · 188
결자해지 · 195
쉼표와 마침표 · 205
수평선 · 214

1

기무사 중앙 보안 검열

수평선

나는 너를 안다.
너도 너를 안다.

나는 너의 민낯을 안다.
그러나 너는 너의 존재를 말한다.

나는 너를 믿지 않는다.
그러나 대중(大衆)은 너를 믿는다.

나는 묻는다. 너는 실존하는가?
아니면 그저 보이는 것인가?

나는 주장한다. 눈을 경계하라.
그리고 사전(辭典)을 멀리하라.

여우비

아무것도 덧씌워지지 않은 분홍빛 여체가 얕은 호수 위에 한쪽 다리로 위태롭게 서 있다. 금세 쓰러질 듯한 애처로움에 젊은 남자가 물을 헤치며 다가가 손을 내민다. 느닷없는 손길에 놀란 벌거벗은 몸뚱이는 다급하게 하늘로 날아오른다.

'팟'

끊겼던 전기불이 다시 켜지듯 30대 젊은 군인은 선잠에서 깨어난다.

2007년 6월, 강원도 인제군 원통읍 77사단 FEBA 지역, 기무사 중앙보안 검열 1일차.

강원도의 시골 읍내, 검은 승용차 여러 대가 구불구불한 왕복 2차선의 좁은 길을 따라 조용히 움직이고 있다. 오후 한 시 대낮과는 어울리지 않는, 흡사 자신을 드러내고 싶지 않은 뱀처럼 소리 내지않고 검은 아스팔트 도로 위를 미끄러져 내려간다. 그러나 육군 소속 차량이라는 것을 누구나 알 수 있게 '육군'이라는 글자가 훈장처럼 박혀있는 번호판은 그들의 움직임과 사뭇 이질적이다.

정장을 갖춰 입은 30대 초반 부사관은 차의 좁은 공간에 같은 나이대의 젊은 장교의 바로 옆에 앉아서 밖을 내다보고 있다. 날씨는 맑은데 작은 빗줄기가 창문을 때린다.

"반장님 길이 험한데 멀미 나지 않으세요?"

젊은 장교는 듣는 둥 마는 둥 고개만 한번 끄떡이며 대화를 이어가려는 그의 시도를 끊는다. 한 달 전, 사단 중앙 보안 검열을 위해서 기무사령부에서 파견된 기무반장 박치환 대위가 김충경 중사에게는 영 마뜩잖았다. 아무리 한시적으로 보안 검열을 위해서 만들어진 임시조직이고 검열 후 바로 해체되는 팀이지만 나이대도 비슷하고 동갑내기 간부로서 충분히 친해질 수 있는데 의도적으로 계속 거리를 두는 그가 불편하기만 하다. 사흘 전 회식에서도 본인의 인생사를 한참 떠들고 많은 이야기를 나누었지만, 여우비를 싫어한다는 딱히 쓸모없어 보이는 그의 징크스만 알아냈을 뿐이다. 정보자산을 전문적으로 관리하고 보호하는 기무부대 간부로서 손해 보는 장사를 한 것 같아서 억울한 생각이 들기도 한다. 그래도 넉살 좋은 기무담당관 김 중사는 한마디를 더 보탠다.

"반장님! 날은 화창한데 비가 오네요. 오늘 호랑이랑 여우가 시집, 장가가는 모양인데, 어떡하죠? 이 날씨 우리 반장님이 가장 싫어하는 날씨잖아요. 여우비 내리고 나면 항상 안 좋은 일 있는 징크스가 있다고 하셨잖아요?"

젊은 장교의 시선은 여전히 밖을 향한 채, 그의 말에 가벼운 맞장구를 치면서 출발 전부터 하고 싶었던 말을 방금 떠오른 것인 양 내뱉는다.

"네 그렇네요. 지금 사단 보안 검열 가는 중에 이러는 게 괜히 신경 쓰이네요. 오늘 사단 검열 첫날이기는 한데, 괜히 징크스 때문에 실수하면 안 되니깐, 저는 최초 검열 계획 브리핑만 참석하고 다른 곳에 가 있을게요. 담당관님이 나머지 실무자들 데리고 점검 좀 해 주세요."
　김 중사는 기다렸다는 듯이 밝은 표정으로 대답한다.
　"네, 걱정하지 마십시오. 제가 여기 77사단만 10년이 넘게 근무했었습니다. 검열 때마다 비인가 서류를 몰래 숨겨놓는 비밀 장소도 제가 다 알고 있습니다. 오늘 검열 실무자만 군무원까지 합쳐서 열 명입니다. 잠시만 쉬고 계십시오. 왕건이 하나 물어 오겠습니다."
　싱거운 부사관의 너스레를 뒤로하고 차가 사단 정문 위병소를 지나서 사단사령부 본부 건물 앞에 멈춘다. 사단 위병소에서 연락을 받고부터, 아니 훨씬 그전부터 초조히 기다리던 사단 작전참모부의 중령 작전참모와 소령 작전보좌관은 기무부대 박치환 대위가 내리자마자 사단장을 맞이하듯 공손한 자세로 손을 내밀며 인사를 건넨다.
　"박 대위 반갑습니다. 우리 사단은 처음이죠? 우선 부사단장님 뵙고 간단히 인사드리고 시작하시죠."
　기무사에 들어온 지 2년도 채 되지 않은 젊은 장교가 영관급 장교들의 과도한 의전과 친절에 꽤나 익숙해 보인다. 박치환 대위도 기무사령부 선발 전 일반 부대의 중·소위 시절, 대위 계급의 중대장을 하늘처럼 떠받들며 임무를 수행하고 영관급 장교 앞에서는 제대로 고개도 들지 못했을 텐데 예하 부대 대대장보다 선배 장교인 사단 중령 작전참모에게 경례는커녕 가벼운 목례도 없이 사무적으로 대답한다.
　"이번 검열은 일반 약식 검열이 아니라, 사단장님 재임 기간에 1회만 실시하는 중앙 보안 검열인 만큼 부사단장님만 따로 인사드리는 것은 괜한 오해를 살 수 있으니, 사단 기밀실에서 주요 직위자분들 모셔놓고 인사도 드릴 겸 검열 계획 브리핑을 하도록 하겠습니다."
　"자리가 사람을 만든다."라는 말이 그저 긍정적인 뜻으로만 쓰이지 않는 때도 있다는 것을 실감하고 김 중사는 쓴웃음을 짓는다.

검열 대상 부대의 주요 보안 담당자인 두 명의 영관장교 역시 젊은 위관 장교의 패기라고 하기에 다소 건방진 그의 태도에 별다른 거부감 없이 고개를 끄덕이며 박 대위와 김 중사, 기무부대 검열단 인원들을 사단 기밀실로 안내한다.

10분도 채 되지 않아서 대령 행정 부사단장, 중령 참모들, 소령 보좌관들까지 합쳐서 50여 명이 기밀실에 착석하여 30대 초반의 검열관의 브리핑이 시작되기를 기다린다. 하나 같이 긴장한 낯이 역력하다.

군 지휘관의 꽃이라고 할 수 있는 사단장은 재임 기간 중 두 번 중요한 검열을 받아야 한다. 군의 주요 전술 지휘관으로서 지휘능력을 검열받는 사단 지휘검열, 실제 전쟁상황을 가정하고 대항군과 전투 중에 발생하는 수많은 상황 속에서 판단능력과 전투 감각을 평가하는 지휘 검열로 특별한 경우를 제외하고는 비교적 무난하게 '통과' 및 '우수' 평가를 받는다. 그러나 중앙 보안 검열은 격을 달리한다. 군사령부 전체에서 최우수 부대 한 곳을 선정하고 군단별로 우수 부대를 선별하며, 군단에서 우수 부대가 되지 못하는 사단은 '보통' 등급에서부터 '저조', '불합격'까지 다양하게 등급을 매기고 점수화한다. 즉, 사단장으로서 업무능력을 평가할 수 있는, 변별력이 있는 유일한 평가 지표가 바로 기무사령부가 주관하는 중앙 보안 검열인 것이다. 행정 부사단장이 짧은 정적을 깨고, 친절하지만 메시지를 담은 한마디를 한다.

"박 대위, 다들 바쁜 사람들이니 빨리 시작합시다."

"네, 알겠습니다."

기밀실 안쪽이 어두워지자 출입문 바깥쪽에 '회의 중' 점멸등에 불이 들어온다.

빈부 격차

"탄알집 제거!"
"노리쇠 후퇴 고정!"
"노리쇠 2~3회 후퇴 전진!"
"조정 간 단발!"
"격발!"
"조정 간 안전!"

강원도 인제군 민통선 최전방 GOP[1] 소초 입구 앞의 작은 단상 위에 소대장의 지시와 구호에 따라 새벽 경계 근무를 종료하고 복귀한 10여 명의 후반야조 병사들이 복명복창[2]을 하며 일사불란하게 움직인다.

자정부터 BMNT[3] +30분까지 약 일고여덟 시간 동안 영하 10~11도의 차디찬 날씨에 칼바람을 맞으며 경계 근무를 서고 복귀한 그들의 몸

---

1) General Outpost : 일반전초 휴전선 경계 작전 임무를 수행하는 부대.
2) 상급자가 내린 명령과 지시를 되풀이하여 말함.
3) Begin Morning Nautical Twilight : 해상박명초 해수면 기준, 해가 뜨는 시간.

이 천근만근으로 보이는 것은 비단 몇 겹으로 껴입은 두꺼운 방한복 때문만은 아닐 것이다. 그러나 그 역력한 피곤함 뒤에도 병사들의 얼굴에는 작은 미소가 핀다. 3개월이 넘는 시간이 지났지만, 병사들과 같은 시간, 같은 장소에서 흐트러짐 없이 리더로서 자신의 임무에 충실하면서도 섬세하게 병사들을 보살피는 소대장의 솔선수범하는 모습에서 108소초 소대원들의 밝은 표정의 이유를 찾을 수가 있다.

권위는 특권이나 계급에서 나오는 것 아니라, 상급자의 솔선수범에서 나온다. 박치환 소위의 부하와 조직을 지휘 통솔하되 군림하지 않는 지휘방식은 부소대장과 분대장 그리고 병장 이하의 병사들에게까지 영향을 미쳐 선임병은 솔선수범하고 후임병은 믿고 따르는 서로서로 이해하고 존중하는 바람직한 병영문화의 선 순환을 가져왔다.

박치환 소위는 사관학교 시절, 학점과 공인 영어점수와 같은 임관 서류에 기록되는 자신의 업적을 위해서 학교 도서관에서 시간을 보내는 대부분의 생도와 다르게, 도서관을 원래 취지와 목적에 맞게 활용하는 몇 안 되는 사관생도였다. 그는 시와 소설, 수필, 동화 등 문학 장르를 가리지 않고 독서를 했다. 특히, 스릴러 계통의 탐사소설을 즐겨 읽었다. 단서가 전혀 없는 사건 현장에서 다른 사람들이 무심코 넘기고 지나쳤던 작은 단서에서 큰 줄기를 찾아내어 종국에는 사건의 마침표를 찍는 소설 속의 주인공처럼 마지막에 모든 사람의 존경을 받고 이목을 끄는 무관(武官)이 되고 싶었다. 그러나 철저한 지시와 통제하에서 강압적으로 성과를 요구하는 사관학교의 훈육시스템은 그에게 적합하지 않았다. 아니 그가 받아들이지 않았다.

학기마다 실시하는 상호 적성 평가에서 엘리트 장교단을 양성하고 고

위장성을 길러내는 사관학교의 사관생도로서 '자질이 부족하다'라는 평가에 대해 모멸감과 좌절감을 느낄 때도 있었지만, '평가란 무엇인가? 다 같이 부족한 미생(未生)들이 모여서 서로의 능력과 자질을 평가하는 것이 가능한 일인가? 목소리가 우렁차고 구령 조정을 잘해야만 통솔력을 갖춘 간부가 될 수 있는가? 모포의 정확한 각과 군복의 칼주름을 잘 잡지 못하면 훌륭한 군인이 될 수 없다는 편견은 누가 만든 것인가?'라는 상당히 합리적인 의심을 방패 삼아 작고 사소한 것부터 세세하게 살피고 챙기는 군인이자 장교가 되자고 자신을 다독이며 단련시켰다.

사관학교 내내 한국프로야구의 전설적인 야구선수이자 감독인 선동열의 투수 시절 시즌 방어율에 가까운 학점을 기록하고 훈육 평가는 중·하를 벗어나지 못하는 '적성 저열 생도'가 그를 정의하는 단어였다. 하지만 그는 전혀 개의치 않고 자신만의 취미와 생활방식을 이어갔다. 다소 아둔해 보이는 그의 아집이 다른 동기생들에게 피해는 되지 않으므로 직접 그의 일상을 나무라는 이는 없었다.

후반야조 경계병들은 총기안전검사가 끝나자마자 생활관으로 뛰어 들어간다. 1분 1초라도 더 쉬고 싶은 그들의 마음과 동병상련(同病相憐)인 박 소위도 옅은 미소를 띤 채 빠른 걸음으로 그들을 뒤따라 간다.

소초장실에 들어가자마자 여덟 시간 가까이 몸을 옥죄고 있던 총기와 장구, 방한복을 거칠게 바닥에 벗어 던진다. 지금 이 순간, 거추장스럽게 느껴지는 껍데기들이 불과 10분 전 철책에서 영하의 추위와 갑작스러운 적의 도발과 같은 돌발 상황에서 자신을 보호해준 생존 필수품이라는 생각에 쓴웃음을 짓는다.

생활관 복도에서는 주간 조 근무자들과 취침 준비하는 야간 조 근무자들이 한데 섞여서 소란스럽다. 서로의 안부를 묻고 몸 상태를 걱정하는 목소리도 간간이 들린다.

"똑똑, 상황병입니다. 5분 뒤에 중대장님 아침 보고입니다."

"알겠다. 금방 간다."

박 소위는 간단한 운동복으로 갈아입고 소초 상황실로 향한다. 곧 군용 전화기가 거친 전자음을 내면서 울린다. 중대장과 1, 2, 3소대장이 동시에 군용 핫라인으로 연결된다. 1소대장부터 현황 보고가 시작된다.

"1소대 이상 없습니다. 현재원 42명, 환자 2명."

매일 같은 시간, 거의 같은 내용이 되풀이된다. 2소대장인 박치환 소위도 녹음기처럼 같은 내용을 반복한다. 3소대장까지 현황 보고가 끝나자 중대장의 잔소리 같은 훈시가 시작된다. 딱히 도움 될만한 내용은 많지 않다.

"총기 및 병력관리에 최선을 다하라. 지휘자로서 항상 모범이 되어야 한다." 등의 지극히 당연하고 추상적인 말들이다. 박치환 소위는 땡볕 아래 운동장에서 교장 선생님 말씀을 듣는 초등학생처럼 지겹고 짜증만 난다. 20여 분 간의 상황 보고가 종료되고 취침하기 전, 금일 휴가 복귀 명단을 확인한다. 10여 명의 중대 복귀 인원 중 한 사람의 이름에 눈길을 멈춘다.

석대오 일병은 박 소위가 2소대 108소초원 42명 중에서 가장 관심을 두고 보살피는 병사이다. 중대 행정 보급관을 위시하여 일부 간부들이 석 일병을 관심병사라는 이유로 낙인찍어 GOP 부대가 아닌 다른 부대로 전출을 보내려고 하였으나, 박 소위가 책임지겠다는 약속을 하고 2소대로 데려온 인물이다.

아버지와 어머니는 초등학생 시절 모두 여의고 큰누나, 큰형, 작은형 그리고 막내인 본인까지 4남매가 외삼촌의 도움으로 같이 생활을 하다가 중학생 때, 큰누나는 집을 나가 행방불명되고 큰형과 작은형은 결핵으로 세상을 떠났다. 찾아보기 쉽지 않은, 누구도 겪고 싶지 않을 비참한 성장환경이 그에게는 평생의 족쇄였다. 석 일병은 집안 사정을 이유로 4급 보충역으로 징집되어 공익근무요원으로 군 복무를 대신하게 되어 있었으나, 현역을 자원입대하였다. 그러나 훈련병 때부터 군조직은 그가 선택하지 않은 과거를 빙계 삼아 관심병사로 분류하고 특별 관리했다. 중대 이등병 분류 시에 모두가 거부했던 인원을 박치환 소위가 받겠다고 한 것이다.

석대오 일병은 누구보다 군 생활에 잘 적응했다. 선임병들 역시 가식 없이 최선을 다하는 석 일병을 좋아하고 챙겼다. 1개월 전에 일병으로 진급하여 2주 전에 일병 정기 휴가를 떠났고 오늘이 휴가 복귀하는 날이다. 석 일병 휴가 전날, 박치환 소위는 소초장실로 그를 불러 사비로 5만 원을 쥐여주었다.

"이것 밖에 줄 수 없어서 미안하다. 집까지 가는 차비랑 중간에 간단한 요기는 할 수 있을 거다. 그리고 이미 여러 번 말했지만, 복귀할 때 아무 것도 사 오지 마라. 나도 물론이지만, 우리 소대에 아무도 네가 먹을 것 사 오는 것 바라지 않는다. 그저 몸 건강히 잘 다녀와라!"

"네, 소대장님 감사합니다."

민간인 통제선 이북에 주둔하는 GOP 특성상 군부대의 식당 겸 매점 역할을 하는 군 PX를 운영하지 않는다. 월 1회 정도 황금마차라는 별명을 가진 군용 트럭에 과자나 음료수를 싣고 와서 상자 단위로 판매할 뿐이다. 이마저도 눈이 많이 내리는 겨울에는 통제되는 경우가 허다하다. 그래서 GOP에서 휴가를 다녀오는 병사들은 복귀 시에 전우들을 위해서 여러 가지 먹을 것들을 필수 반입 품목처럼 가지고 들어온다. 과자와 빵, 과일, 떡 심지어는 냉동고기를 얼려서 가지고 오는 병사들도 있다. 원칙적으로는 외부음식의 반입이 불가하나 간부들은 병사들의 몇 안 되는 작은 사치를 즐길 수 있도록 눈감아 준다.

군인들에게 있어서 죽기보다 싫다는 휴가 복귀일인데 복귀 선물 음식을 장만하지 못해서 무거운 마음으로 소초를 걸어들어올 석 일병을 생각하니 벌써 박 소위의 마음이 무겁다.

그날 저녁, 석대오 일병은 중대 복귀 신고를 하고 108소초로 복귀했다. 간단하게 저녁을 먹고 휴식을 취하던 박 소위가 반가운 마음으로 소초 행정반으로 들어선다. 밝게 웃고 있는 석대오 일병 주변으로 떡과 과일, 과자와 음료수 등 얼핏 보아도 20만 원 어치가 넘어 보이는 음식 더미가 보였다. 입술을 굳게 다문 채 석 일병의 오른쪽 어깻죽지를 잡아채서 죄인을 끌고 가듯 그를 소초장실로 거칠게 데려간다. 지금껏 한 번도 보지 못한 소대장의 격한 모습에 부소대장을 비롯하여 소대 전원이 부동자세로 얼어붙는다.

소초장실로 들어서자마자, 물건을 땅에 내팽개치듯이 석 일병을 의자에 앉힌다.

"너 어떻게 된 거야? 저거 다 뭐야? 무슨 돈으로 사 왔어?"

석 일병이 아무런 대답을 못하자 더 큰 분노가 치밀어 오른다.

"야, 이 개새끼야! 말 안 해? 뭐? 빌린 거야? 아니면 도둑질이라도 했어?"

보증금 없는 단칸방에 혼자 살면서 하루하루 폐지와 고물을 수집해서 생계를 꾸려가는 외삼촌으로부터 도움을 받았을 리는 만무하다는 사실을 알기에 박 소위는 더욱더 의심스러운 눈빛으로 석대오 일병을 추궁한다.

"아닙니다. 제가 그럴 리가 있겠습니까?"

"그래? 그러면 저거는 무슨 돈으로 산 거야? 말해봐."

소대장의 다그침에 망설이던 석 일병이 천천히 입술을 뗀다.

"사실은 휴가 기간 동안 막노동을 좀 했습니다. 지금까지 얻어 먹은 게 얼만데 제가 빈손으로 복귀하겠습니까? 벼룩도 낯짝이 있지, 송유관 묻는 공사가 있다고 해서 일당 5만 원짜리 일용직으로 9일 정도 일했습니다. 절반은 외삼촌 드리고 나머지 절반으로 소대원들 주고 싶어서 먹을 것 좀 사 왔습니다."

순간 눈물이 앞을 가린다. 미안함의 눈물인지 안도의 눈물인지 아니면 두 개 다인지 구분할 수 없지만 몇 년 동안 흘리지 못한 눈물을 보상이라도 하듯 뜨거운 눈물이 바닥에 우수수 떨어진다. 소대장의 눈물에 석 대오 일병도 왈칵 눈물을 쏟는다. 여전히 박 소위는 석 일병의 어깻죽지를 놓지 못한 상태에서 혼잣말로 중얼거린다.

"이놈아. 이 멍청한 새끼야."

군인들에게 있어, 특히 군 생활 내내 통제된 내무생활을 해야 하는 병사들에게 있어서 휴가는 천금 같은 시간이며 군 생활을 버티게 하는 절대적인 요소중의 하나이다. 다들 군에서 먹지 못하고 즐기지 못한 것을 즐길 생각만으로 휴가를 떠나고 그만큼 행복한 시간을 가족과 친구들과 보내고 복귀한다. 석 일병은 대체 무슨 죄가 있어서 항상 남들보다 힘겹고 버거운 삶을 살아야 하는가. 그들의 흐느낌 뒤로 GOP의 칠흑 같은 밤은 깊어져 간다.

회귀

20여 분간의 보안 검열 브리핑이 끝나고 기밀실이 밝아지고 프로젝터 스크린이 윙하는 소리를 내면서 올라간다. 박치환 대위가 단상에서 내려오고 행정 부사단장이 자리에서 일어나자마자 김충경 중사가 마이크를 잡는다.

"각 참모부는 군사 비밀과 관리대장을 준비해주십시오. 그리고 비밀취급 인가 USB는 명일 오전 10시까지 이곳 기밀실 전산 담당 실무관에게 제출 부탁드립니다. 금일 오후 3시부터 정보참모부와 지휘통제실부터 보안 검열을 시작하도록 하겠습니다. 이상입니다."

김 중사는 의도적으로 마지막 검열 시작을 알릴 때 힘주어 말한다. 여전히 자리를 지키던 50여 명의 영관급 장교들은 대답 대신에 고개를 끄덕이며 하나둘씩 노트와 펜을 챙기고 의자를 조심스럽게 밀어넣으며 자리에서 일어난다. 보안 검열 대상자들이 삼삼오오 기밀실을 떠나자 박 대위는 10여 명의 검열관을 기밀실 구석에 있는 테이블 근처로 모은다.

"오늘부터 보안 검열이 끝나는 금요일까지 5일 동안 77사단 그 누구와도 개인적으로 식사를 한다거나 만나면 안 됩니다. 특히, 기무 담당관님과 김 실무관님은 기무사 선발 전, 77사단에서 오래 근무한 것으로 알고 있는데, 평소 왕래나 친분이 있는 분이 연락해오더라도 지혜롭게 대처하기 바랍니다."

 지극히 당연하고 모두 알고 있는 기본적인 원칙이지만 지키기 쉽지 않은 규정을 강조한다. 공과 사의 구별은 필요한 것이지만, 검열관들도 군인이기 이전에 한 인간이다. 인간(人間)은 한자 그대로 사람과 사람 사이의 관계로 얽혀 있을 때 인간다워진다. 10년이 넘는 시간 동안 동고동락하고 수많은 경험과 추억이 있는 친구이자 동료가 오랜만에 부대를 찾은 전우에게 내미는 호의조차도 칼같이 자르고 모른 척하는 것이 지혜로운 행동인지 의아한 생각이 든다. 김 중사는 원칙을 강조할 수밖에 없는 박 대위의 처지를 이해하면서도 동시에 그가 감정이 없는 차가운 쇠로 만든 기계 같다는 생각이 든다.

 검열 준비를 위해 흩어지는 검열관들 뒤로 박 대위가 김 중사에게 나지막한 목소리로 무언가를 전한다. 김 중사는 걱정하지 말라는 듯이 웃으며 고개를 끄덕인다.

 박 대위가 기밀실을 빠져나와 복도를 지난다. 복도 양쪽 벽에는 공간이 없을 정도로 많은 액자가 화랑에 전시된 화가의 작품처럼 걸려 자신을 알아봐 주기를 기다리고 있다. 유명인이 사단을 방문하여 촬영한 단체 사진부터 역대 사단장들의 이·취임식 사진까지 정말 다양하고 많은 이유로 단색의 직사각형 벽을 모자이크처럼 수놓고 있다. 사진으로만 보던 작품을 직접 감상하기 위해 박물관을 찾은 관광객처럼 주의 깊게 구석구석을 훑어본다. 그중에서 '제28대 사단장과 주요 참모'라는 짧은 설명이 있는 사진에 그의 눈길이 멈춘다. 사단장을 포함해 일고여덟 명 남짓한 중년의 고급 장교들 사이에서 앳돼 보이는 초급장교 중위 한 명이 사단장 바로 옆에서 어색하게 웃고 있는 모습이 보인다. 5년 전 사단장 전속부관으로 임무 수행을 하던 사진 속 자신의 모습이 영 낯설면서도 가벼운 미소가 지어진다. 기무부대 특성상, 장교들은 기존 근무지나 부대에 대해서는 밝히지 않는 것이 불문율처럼 굳어져 있어서 따로 언급하지 못했지만, 박 대위는 가장 열정적이고 패기 넘치던 중·소위 시절을 이곳 77사단에서 보냈다. GOP 대대 소대장과 대대 참모, 그리고 전속부관을 맡으며 그는 77사단 GOP와 사단 사령부에 이르기까지 사단 내의 여러 곳을 돌아다니면서 다양한 경험을 쌓았다.

복도를 빠져나와 조금 전 차에서 내렸던 출입문 반대 방향의 문을 통해서 사령부 건물 뒤쪽으로 이동한다. 1차선의 좁은 아스팔트 길이 보이고 뒤쪽으로 가지런한 치아처럼 줄지어 있는 특별참모부 건물들이 보인다.

'5년 넘게 지났는데 변한 것이 아무것도 없네.'

나지막이 혼잣말하며, 특별참모부 사이 좁은 계단으로 올라선다. 계단에서 내려오는 서너 명의 부사관들과 우연히 만난다. 눈치가 빠른 상사 한 명이 충성 구호와 함께 경례한다. 가벼운 목례로 경례를 대신 한다. 계단 끝에 다다르자 박 대위가 앉아서 담배를 즐겨 피던 비밀 아지트가 나온다. 오랫동안 아무도 앉지 않아 먼지가 뿌옇게 쌓인 등받이 없는 야외 벤치에 앉으려다 냅다 누워버린다. 누운 상태로 하늘을 올려다본다. 무성한 나뭇잎 사이로 가려진 햇빛이 반짝인다. 꼭 어두운 밤하늘에 반짝이는 별빛을 보는 듯하다. 한참을 누워서 골똘히 생각에 잠겨 있던 박 대위가 일어나서 몸 구석구석 묻은 먼지를 털어낸다. 다시 계단을 따라 내려오려다 뒤쪽 출입문 앞에서 김 중사가 어디론가 급하게 전화하는 모습을 보고 걸음을 멈춘다. 김 중사 뒤로 얼굴이 새파래진 중위 한 명이 안

절부절이다. 아무것도 들리지는 않지만 모든 상황을 유추할 수 있다. 보안 검열 중, 보안 위반사항을 확인했고 검열 팀장을 거치지 않고 김 중사 소속 기무부대에 전화해서 위반 조항과 처벌 수위를 문의하고 있다. 순간 배신감이라고 하기에는 한참 무리가 있는 불쾌감이 올라온다. 김 중사가 통화를 마치자마자 기다렸다는 듯이 중위가 대화를 시도한다. 김 중사는 애타는 젊은 장교의 사정을 무시한 채 건물 안으로 들어가 버린다. 박 대위가 기밀실로 들어오자 김 중사가 의아하다는 듯 묻는다.

"읍내 다녀오신다고 안 하셨습니까? 벌써 다녀오셨습니까?"

"나가려다가 그냥 사령부 내만 돌다 왔습니다."

자신 때문에 박 대위의 계획이 바뀌었다는 것을 그는 전혀 눈치채지 못한 채 한마디를 더 보탠다.

"나가보시지 그러세요? 그래도 여기가 강원도 산골치고는 사령부도 있고 직할부대가 많아서 은근히 구경할 것들이 있습니다."

"아니, 그런데 뭐 특별하게 확인된 사항 있나요?"

"네, 안 그래도 보고 드리려고 했는데 지휘통제실 상황 장교가 군사령부 일일 업무 보고 2급 문건을 비인가 USB에 저장하고 있는 것을 적발하였습니다. 본인 말로는 작전처 장교들이 인가 USB를 빌려 간 뒤 돌려주지 않아서 어쩔 수 없이 개인용 비인가 USB를 사용했다는데 그게 말이 되나요? 이건 당장 처벌해야 합니다."

"근데 그 USB를 외부로 가지고 나간 적이 있나요?"

"확인해봤는데, 처음 구매해서 들여온 후에 외부로 나간 적은 없습니다. 일일 업무 보고 문건이다 보니 매일매일 사용한다고 한 번도 작전처 밖으로 가지고 나간 적은 없습니다."

"그러면 경고장만 작성하고 보고서에는 해당 내용 넣지 마세요."

"네?"

"아니, 이 건을 지적 사항에 포함하지 않으실 생각입니까?"

"뭐, 초급장교가 선임들 눈치 보느라고 어쩔 수 없이 사용한 것 같은데 외부로 비밀자료가 유출된 용의점도 없으니깐 그냥 두세요. 그래도 경각심은 줘야 하니깐 경고장은 쓰라고 하세요."

순간 김 중사의 머릿속이 복잡해진다. 해당 지적사항을 원소속 직속 상관인 기무 활동관에게 이미 보고했고 가자마자 성과를 낸다고 칭찬도 받았다. 그런데 보고서에서 빠진다면 고의성은 없었지만, 허위보고를 한 셈이 된다. 그렇다고 현재 배속된 팀의 지휘관인 박 대위에게 보고하기 전 소속 지휘관에게 임의 보고한 사항을 설명할 수도 없다. 김 중사가 당황해하는 기세가 역력하다.

누군가를 길들이고 교육하는 방법은 다양하다. 고수는 남에게 자기 생각이나 의지를 읽히지 않는다. 아무것도 모르는 척, 의도하지 않은 척 상대의 급소를 찌른다. 고수는 행동의 불확실성을 보여줌으로써 상대방에게 긴장을 유도한다. 마치 감시자의 시선이 어디로 향하는지 죄수들이 알 수 없도록 설계된 파놉티콘(Panopticon)[4]처럼.

박 대위는 김 중사가 처음부터 마음에 들었다. 올해만 해도 벌써 여섯 번 째, 중앙 보안 검열을 지도했지만, 일시적으로 조성이 되는 검열팀에 최선을 다하는 간부는 찾기가 어려웠다. 대부분의 담당관은 타성에 젖어서 어쩔 수 없이 시간 보내기 식으로 검열에 참여한다. 일반화된 그 시류와 다르게 열정적으로 검열을 준비하고 성과를 내려고 노력하는 김 중사가 좋았다. 그렇지만 의도적으로 보고체계를 무시한 것은 용서할 수 없

---

[4] 영국의 철학자 제리미 벤담이 죄수를 효과적으로 감시할 목적으로 1791년에 설계한 원형감옥.

다. 그러나 한편으로 언제든지 관용은 존재한다. 더욱이 처음 저지르는 실수에 대한 반성은 또 다른 발전을 가져온다는 것을 알기에 마음속 한 쪽을 비워둔다.

김 중사에게는 두 가지 선택지가 있다. 하나는 박 대위에게 모든 것을 솔직히 털어놓고 허위보고를 막는 것이고, 다른 하나는 규정을 무기 삼아 원칙을 강조하는 것이다. 두 가지 모두 보고서에 지적 사항을 넣는 것이 목적이지만 그것을 관철하는 방법은 너무나도 다르다. 수단의 목적 합리성은 그 결과가 증명해줄 것이다.

"담당관님, 특별한 사항 있으면 바로 전화주세요. 저는 조금 전 하려다 못한 외부정찰하러 다녀오겠습니다."

심각한 고민에 빠져 있는 김 중사에게 박 대위는 아무것도 모르는 척 농담까지 섞어가며 잠시 후 있을 자신의 부재를 알린다. 운전병을 불러서 차를 타고 사령부 밖을 나가려다 과거의 기억을 되살릴 겸 걸어서 사령부 정문을 나선다. 좁은 보도블록을 따라서 10여 분 걸어가자 오늘 스쳐 지나왔던 시골 마을의 읍내가 보인다. 피시방과 당구장, 유명한 프랜차이즈 음식점을 비롯하여 수많은 상점과 숙박 시설들이 즐비하다. 일반적인 시골 마을에서는 볼 수 없는 어수선함과 붐빔, 그리고 어울리지 않는 생소한 활력이 직업군인인 박 대위에게는 전혀 낯설지가 않다. 짧지 않은 시간이 지났지만, 소대장 시절 주말에 소대원들과 즐겨 찾던 시외버스 터미널 맞은편 분식점은 그대로다. 식당 안은 이미 같은 옷에 같은 스포츠형 머리를 한 젊은이들이 여러 테이블을 차지하고 있다. 구석에 두 명이 앉을 수 있는 작은 테이블에 앉아서 떡볶이와 튀김을 주문한다. 주문을 받던 주인이 낯이 익은지 조심스럽게 묻는다.

"오랜만에 오셨네요? 전역하셨나 봐요. 군복 안 입고 양복 입고온 거

보니깐."

"아, 저 기억하시나 봐요? 5년이 넘은 것 같은데 기억해주시니깐 감사하네요."

주인은 오랫동안 고민하여 푼 수학 문제를 맞춘 아이처럼 반색한다.

"그럼요. 기억하죠. 얼마나 자주 오셨는데요. 거의 매주 오셨잖아요. 항상 병사들 데리고 오신 것도 기억하는데요."

"아, 대단하시네요. 그런 것까지 다 기억해주시고."

"장사해보세요. 단골은 10년 만에 찾아와도 다 기억이 납니다."

간단한 분식으로 요기를 하면서 큰 유리창 밖으로 보이는 풍경을 감상한다. 예전 기억이 새록새록 피어난다. 대대가 GOP 임무 기간을 종료하고 FEBA 지역으로 내려오자마자, 매주 주말마다 읍내로 나와서 휴가나 외박 복귀하는 병사들과 함께 당구장과 피시방에서 같이 밤을 지새우고 식당에서 술 한 잔 걸치며 많은 시간을 그들과 공유했다. 문득 석대오가 떠올라 전화기를 들었다가 며칠 전 통화에서 최근 경찰의 불법 사행성 게임장 일체 단속으로 정신이 없다고 한 대오의 푸념이 생각나서 다시 집어넣는다.

6년 전, 석대오. 전역 하루 전 읍내의 삼겹살집에서 둘이 전역 축하주를 하던 때가 생각이 난다. 둘이서 소주 두세 병을 비우고 거나하게 취한 소대장이 묻는다.

"대오야, 너는 꿈이 뭐냐?"

엉뚱한 질문에 전혀 망설이지 않고 오래전부터 바라고 꿈꿔왔던 자신의 꿈을 털어놓는다.

"평범하고 착한 부인 만나서 사랑스러운 아기들이랑 식당에서 외식해보는 것이 꿈입니다."

술김에 별생각 없이 가볍게 질문을 던진 젊은 박치환은 미안함과 아련함을 동시에 느낀다. 애써 감정을 숨기고 핀잔을 준다.

"야 인마! 네가 앞으로 당연히 할 것 말고 꿈을 말해보라고. 좀 그럴싸한 꿈 없어? 아무튼, 영 재미가 없어."

소대장의 마음을 읽은 석 병장은 그의 어설픈 사과를 작은 미소로 받는다. 동정심은 함부로 가져서는 안 되는 것이다. 남의 어려운 처지나 사정을 딱하게 생각하는 마음은 당당하게 세상과 맞서고 어려움을 극복해 나가며 그 시련 속에서도 행복과 미래를 찾으려는 도전자의 무릎을 꿇게 만드는 또 다른 편견이 될 수 있다는 것을 잊어서는 안 된다.

추억에 잠겨 있는 그를 물끄러미 쳐다보던 식당 주인이 말을 붙인다.

"맛없으세요? 거의 손을 안 대시네. 예전 맛이 안 나요?"

"아니요. 그럴 리가요. 아주 맛있어요."

손사래를 치며 걸신들린 양 튀김과 떡볶이를 비워낸다.

"천천히 드세요. 누가 안 쫓아와요. 아이고, 눈치 없는 주인장이 손님 잡는다고 하겠네."

박 대위는 소탈한 식당 주인의 놀림에 웃음을 참지 못한다. 한참을 웃다가 창문 밖을 내다본다. 짙게 선팅 되어 내부를 전혀 들여다볼 수 없는 고속버스와 속이 훤히 들여다보여 승객의 보따리도 구별이 되는 시내버스가 번갈아 가며 시외버스 터미널을 오고 간다. 그 부산함 속에 대형 고속버스에서 내리는 사람들에게 그의 시선이 꽂힌다.

GOP 괴담

2000년 3월, 강원도 인제군 전방부대 GOP대대 108소초.

"벌써 GOP에서 근무한지 6개월 가까이 되었다. 다들 고생이 많은데 날씨도 아주 따뜻해졌고 병력도 GOP 생활에 적응했고 이제 우리가 딱 해온 만큼만 더하면 GOP 임무 교대하고 FEBA 내려갈 수 있으니깐 다들 힘냅시다. 그리고 이번 주 금요일에 끝나는 춘계 진지 공사도 잘 마무리하고, 특히 폐쇄했던 주요 초소는 잘 정비해서 다음 주부터 잘 활용합시다. 새로 부임하신 사단장님 지시니깐 소대장들이 직접 챙길 수 있도록. 이상!"

중대장의 업무지시를 끝으로 아침 상황 보고가 종료되자, 박치환 중위는 기지개를 크게 켠다. 봄이 되면서 날씨가 아주 따뜻해지고 해 뜨는 시각도 많이 앞당겨지면서 경계 근무에 대한 부담이 많이 줄었다. 그러나 일련의 패턴을 모두 꿰뚫고 있는 상급부대는 부대 운영 계획이라는 시간표를 수단으로 그 여유를 즐길만한 틈을 주지 않는다.

"참, 좀 쉴만하면 진지 공사하라고 하고 진지 공사 끝나면 또 교육 훈련 강화하라고 하겠지. 끝이 없네. 끝이 없어."

소대장의 마음과 이심전심(以心傳心)인 상황병도 힘껏 고개를 위아래로 흔든다.

"네가 뭘 안다고 고개를 끄덕이냐? 오버하지 말고 음, 10시 반에 깨워라. 진지 공사하는데 나가 볼 거니까."

"아니 후반야 근무하시고 오전에 또 나가 보시려고요? 소대장님, 그러다가 진짜 쓰러지십니다."

"아이고, 내 걱정하지 말고 상황근무나 잘하세요. 저번처럼 인터폰 잘못 눌러서 대대장님 연결이나 하지 말고."

상황병은 매일매일 고된 경계 순찰로 몸이 녹초가 되어도 소대원 한 명 한 명, 작업 하나하나를 챙기느라 하루 네 시간도 채 못 자는 소대장이 존경스러우면서도 걱정이 앞선다.

"똑똑! 상황병입니다. 10시 반입니다."

침대에서 몸을 일으키기가 쉽지 않다. 영하 날씨의 칼바람도 휴일 없이 반복되는 경계 근무도 GOP 생활은 어느 하나 쉬운 것이 없다. 그중에서도 충분한 수면을 취하지 못할 만큼의 빡빡한 일정이 가장 고되다.

간단한 작업 복장을 하고 통신병과 소초를 나선다. 5분도 되지 않아 능선과 그 위로 장사진을 친 4m의 높은 철책선이 보인다. 사람의 손이 닿지 않는. 인간의 사악한 이기심이 닿지 않은 천혜의 자연환경을 반으로 가르는 철 기둥과 철망은 그 끝이 보이질 않는다. 박치환 중위는 철책선을 볼 때마다 가녀린 소녀의 부러진 다리에 박혀있는 철심 같다는 생각을 지울 수 없다. 소녀의 다리뼈가 다 붙으면 철심이 제거되듯이 이 땅에 영원한 평화가 온다면 남과 북의 소통을 끊고 차단하는 155마일의 철제 흉물도 사라질 것이다.

후반야 인원을 제외한 소대 인원 모두가 초소 뒤 교통호[5] 진지를 보수하고 있다. 군데군데 흙을 발라 보수하고 흙벽돌 위에 잔디를 심는 떼 작업에 여념이 없다. 교통호 가장 가까운 곳에서 곡괭이질을 하던 부소대장이 묻는다.

"어? 소대장님 왜 나오셨습니까? 그러다가 진짜 쓰러지십니다."

아침에 들은 잔소리를 토씨 하나 틀리지 않고 부소대장이 반복한다.

"그래도 나와봐야죠. 그리고 저기 폐쇄된 고가초소는 제가 정비할게요. 김 병장, 오 상병! 저기 페인트랑 쇠막대기 들고 따라와라."

소대장의 부름에 두 병사는 하던 일을 멈추고 냉큼 그의 뒤를 따른다. 보수 중인 교통호를 지나 계단을 타고 위쪽으로 올라간다. 10여 분 정도 가파른 계단을 오르자 을씨년스러운 두 개 층의 고가초소가 보인다.

흔히들 38선, 또는 휴전선이라고 부르는 군사분계선 2km 이남의 남방 한계선 철책을 지키는 부대가 GOP 부대이다. GOP에는 여러 종류의 초소가 만들어져 있다. 구불구불한 능선을 따라 지형분석에 따른 초소가 용도에 맞게 적절히 세워진다. 특히, 시야가 넓게 확보가 되는 주간에 주로 사용되는 고가초소의 경우, 한 개 소대 책임 지역 내에 두 개에서 세 개밖에 없는 전략적으로 중요한 초소로 분류된다. 그런데 왜 108소초의 고가초소는 여러 해가 지나도록 활용을 하지 못하고 있었을까?

박치환 중위가 군인이 되기도 전인 6년 전, 당시 GOP 경계 근무를 하던 병사 한 명이 복합적인 사유로 신변을 비관하여 수류탄을 안고 자살하는 사고가 발생하였다. 시간이 지남에 따라 가슴 아픈 사고는 수습이 되었지만, 장병들의 심리 상태를 고려하여 폐쇄하고 사용하지 않아 왔다.

---

5) 참호와 참호 사이를 안전하게 다닐 수 있도록 판 호.

두 개 층의 경계초소의 입구와 창문은 두꺼운 합판으로 둘러싸여 있다. 소대장이 눈빛을 보내자 눈치 빠른 김 병장이 쇠막대기를 합판과 입구 사이 틈으로 밀어넣는다.

"하나! 둘! 셋!"

힘찬 구령과 함께 합판이 '우지직' 소리를 내며 뜯겨 나가기 시작한다. 어느 정도 틈이 확보되자 네 명이 둘러붙어서 합판을 바깥쪽으로 당기자 금세 5분도 채 되지 않아서 6년 넘게 초소 입구를 막고 있던 나무판자가 떨어져 나간다.

박 중위가 가장 먼저 초소 안으로 들어간다. 내부는 창문을 막아 놓아서 어두웠지만 군데군데 자리잡은 거미줄을 제외하고는 특별하게 보수가 필요하지는 않아 보인다.

작업을 시작한 지 한 시간도 되지 않아 고가초소의 1층과 2층을 모두 개방하고 먼지를 쓸어내고 거미줄도 걷어냈다. 박 중위와 통신병이 등을 맞댄 채 각자 마주한 벽에 옅은 파란색의 페인트를 칠한다. 벽에는 미세하게 무언가가 할퀴고 간 흔적이 보인다. 수류탄이 폭발하면서 흩날린 파편이 남긴 흔적은 아무리 시간이 지나도 없어지거나 사라지지 않는다. 생때같은 자식을 군대에서 잃은 부모 가슴의 생채기처럼.

내부 페인트칠까지 완료하고 미리 제작해온 문까지 달았다. 바로 내일부터 병력을 투입해도 문제가 없어 보이지만 비가 왔을 때, 빗물이 누수되는 곳이 없는지 확인을 해야 한다.

"자, 오늘은 이 정도면 됐다. 자물쇠로 잠그고 나가자."

"저기 소대장님 한 가지 건의 드려도 되겠습니까?"

"어, 그래."

"마음이 조금 안 좋아서 그런데 초소 내부 벽에 십자가랑 염주를 걸어

놓고 가면 안 되겠습니까?"
평소 말이 없는 오 상병이 진지한 얼굴로 오른손에는 염주, 왼손에는 작은 십자가를 꺼내 들자 박 중위는 피식 웃음이 난다.
"그래, 알았다."
왼쪽 벽과 오른쪽 벽에 못질하여 염주와 십자가를 양쪽으로 걸었다. 세 시간여의 작업이 끝나고 문을 닫기 전에 소대장과 병사 세 명은 초소 안쪽을 향해 잠시 눈을 감고 고개를 숙인다. 유명을 달리한 분을 위로하고 앞으로 불행한 사고가 더 발생하지 않도록 해달라고 기도했다. 묵념이 끝나고 초소 문을 닫은 후 문의 상단과 하단의 경첩을 달아 각각 자물쇠를 달았다. 상단 키는 박 중위가, 하단 키는 통신병이 보관하기로 하고 그들은 고가초소를 내려왔다.
다음 날 아침부터 비가 내리기 시작한다. 그런데 하늘은 화창하게 맑은데 비가 내린다. 여우비치고는 제법 많은 양의 비가 계속된다. 소초장 실에 있던 소대장이 통신병을 찾는다.
"정 일병! 준비해라. 고가초소에 잠시만 갔다가 오자. 하단 자물쇠 키 챙기고."
소대장과 야간 순찰 근무 후, 샤워를 끝내고 누우려던 정민영 일병은 짧은 탄식과 함께 전투복과 자물쇠 키를 찾는다. 옷을 갖춰 입고 복도로 나오자마자 소대장이 재촉한다.
"빨리 와라! 지금 비 올 때 확인해야 한다. 그래야 누수가 되는지, 누수가 되면 어디서 누수가 되는지 알 수 있어."
"소대장님, 좀 천천히 가시면 안 됩니까? 저 다 씻었는데 또 온몸에 땀입니다."
"어이구, 어린놈이 체력이 약해서. 알았다. 네가 먼저 앞서가라. 내가 따라갈게."

 소대장이 좁은 계단 한쪽으로 비켜 서준다. 고가초소 입구에 다다르자마자 상단 열쇠를 던져주며 초소 뒤쪽으로 걸어간다.

 "정 일병, 네가 문 따라. 나는 소변 좀 보고 올게."

 통신병이 두 개의 자물쇠를 따고 문을 연다. 그런데 갑자기 자리에 털썩 주저앉으며 바로 옆에서도 알아듣기 힘든 작은 목소리로 박 중위를 찾는다.

 "소대장님, 소대장님……."

 박 중위가 초소 출입문 안쪽 바로 앞에 주저앉아서 벌벌 떨고 있는 통신병을 보고 화들짝 놀라며 초소 안으로 뛰어 들어간다.

 '아니, 이럴 수가…….'

 초소 안은 마치 누가 일부러 헤집어 놓은 듯, 초소 벽에 걸어놓은 십자가는 원래 있던 자리에서 먼 바닥에 떨어져 있고 염주도 찢어진 채 구슬이 바닥에 나뒹굴고 있다.

 '아무도 들어 왔을 리가 없는데 어째서 이런 일이 가능할까? 그 누구도 들어올 수가 없는데…….'

 "뭐? 무슨 헛소리야. 너 미쳤어? 고가초소에 귀신이 들린 것 같아서 고가초소를 다시 폐쇄하자고? 그게 소대장 입에서 나올 소리야?"

 고가초소 상황을 보고 받은 중대장의 화난 목소리가 여과 없이 무전기 밖으로 쏟아져 나온다.

 "중대장님, 그렇게 간단한 상황이 아닙니다. 한번 현장 확인을……."

 "미친 새끼야! 뭐? 그렇게 간단한 게 아니라고? 하, 나 참. 이런 놈을 소대장이라고 믿고……. 그래, 알았어. 내가 당장 간다. 그 자리에 꼼짝 말고 대기하고 있어."

"이등병만도 못한 새끼. 너는 소대원들한테 부끄럽지도 않냐?"

중대장은 박 중위를 보자마자 분노가 더 치미는 듯 지휘자에게 있어 가장 모욕적인 말을 내뱉는다.

"비켜! 걸리적거리지 말고. 뭐? 염주와 십자가가 뭐 어때서……."

초소 밖에 여우비는 멈추지 않고 장대비가 되어 계속 내린다. 중대장이 초소 안으로 들어간다. 박 중위는 아무 말 없이 지켜볼 뿐이다. 초소 내부를 들여다본 중대장의 눈빛이 미세하게 떨린다. 놀란 자신의 감정을 들키지 않기 위해서 최대한 자신을 통제하려는 모습이 역력하다. 뱃속 깊은 곳에서부터 올라오는 통쾌함과 안도감을 동시에 느낀다.

"여기에 아무도 출입 안 한 것 확실해?"

"네, 그렇습니다. 상단과 하단 키로 나누어 저와 통신병이 각각 보관했습니다."

"참, 별일 다 있다. 그래 경계 근무도 중요하지만, 병력의 심리나 근무 여건도 고려해야 하니깐 사용하지 않는 것으로 대대장님께 보고 드리겠다. 참, 그리고 통신병! 많이 놀랐다고 하던데 괜찮나?"

"네. 괜찮습니다. 조금 놀랐습니다. 고가초소 조치해 주셔서 감사합니다."

머쓱해져 통신병의 안부를 묻는 중대장 등 뒤로 여우비가 그치고 화창한 하늘을 더 아름답게 수놓는 무지개가 피어난다.

만남, 그리고 기회

　강원도 시골 작은 터미널과 어울리지 않는 20대 초중반에서 후반으로 보이는 다섯 명의 젊은 여자 무리가 버스에서 내린다. 다들 하나같이 양손에 짐을 가득 들고 한 발짝씩 조심스럽게 하차한다. 순간 분식점의 큰 유리창은 극장의 스크린처럼 식당 내 모든 사람의 시선을 끌어모은다. 분식점뿐만 아니라 바깥에 있는 사람들의 많은 눈이 그들에게서 떠나지 못한다. 박 대위가 관심 있게 젊은 아가씨들을 쳐다보자, 식당 주인이 묻지도 않은 흥미로운 이야기를 들려준다.
　"저 처자들 대학생이나 일반 사람들 아니에요. 여기 플라밍고 단란주점 아가씨들이에요. 한창 이쁘고 꿈이 많은 나이에 왜 그런 험한 일을 하는지……. 서울도 아니고 강원도 산골에서 참 이해도 안 되고 안됐어요."
　박치환 대위는 식당 주인의 정곡을 찌르는 질문에 지금 사람들의 시선의 대상이 되는 젊은 여자들이 어떤 반응을 보일지 생각해 본다. 여자 무리 중의 한 명이 유달리 눈에 띈다. 긴 생머리에 하얀 피부, 더 하얀 색의 긴 원피스를 입은 유난히 눈이 커 보이는 여자가 책가방을 메고 한 손에는 큰 손가방과 나머지 한 손에는 여행용 가방을 힘겹게 끌고 있다. 10m를 채 못 가서 멈추고는 어깨를 축 내린다. 많이 힘들어 보인다. 터미널 앞 어중간한 길목에서 휴식 아닌 휴식을 취하던 긴 생머리 아가씨는 일행과 뒤처지자 입에 바람을 한껏 불어넣고 하는 수 없이 그 뒤를 다시 따른다. 그 모습을 지켜보던 박 대위는 작은 미소를 짓는다. 그리고 서서히 사라져 가는 그녀의 뒷모습을 보고 시선을 테이블로 옮기려는 순간 그녀가 갑자기 뒤돌아서 버스 정류장으로 다시 뛰어온다. 조금 전 타고 온 버스에 무언가를 두고 내린 모양이다. 다시 안정을 찾은 편안한 표정으로 두꺼운 책 한 권을 겨드랑에 끼고 다시 일행 쪽으로 걸음을 옮긴다. 순간 박 대위의 눈빛이 떨리면서 시선이 그녀의 두꺼운 책에 박힌다. 이환희 교수의 '심리학개론'. 사관생도 시절 유일하게 좋아했던 과목이자 유일하게 좋은 성적을 받은 심리학 수업 교재를 녹색의 겉표지만 봐도 알 수가 있다.

박 대위는 하얀색 원피스 아가씨에게 관심이 간다. 깨끗하고 순수해 보이는 외모에 어울리지 않는 직업. 그리고 더 어울리지 않는 그녀의 책. 기회가 있으면 그녀를 만나고 싶다는 생각이 고개를 쳐든다.

세상은 공정하지 못하고, 치우친 생각과 한쪽으로 기운 관념이 지배하며, 그 속에서 살아남아 성과를 거둔 사람들은 자신의 성공을 미화하고 이미지 메이킹을 한다. 그리고 더 많은 사람은 이미지 메이킹을 위해 많은 시간과 노력을 투자한다. 겉으로 보이는 모습을 메이킹하는 것이 아닌 진정성으로 공평을 메이킹하는 시대는 오지 않는가?

손목의 낡은 전자시계를 한번 쳐다보고 박치환 대위가 어디론가 전화를 건다. 값을 치르고 분식점 밖을 나오자마자 검은색 차 한 대가 멈춰 선다. 사단 사령부 기밀실로 복귀한 박 대위는 분주한 실무관들 사이에서 김 중사를 찾는다.

"담당관님, 오늘은 인제 그만 정리하죠. 첫날부터 너무 달리면 나중에 지칩니다."

"자! 오늘은 이 정도로 마무리하시고 모두 퇴근하시기 바랍니다. 그리고 금일 검열 결과 보고서는 내일 오전 10시까지 제출 부탁드립니다. 이상입니다."

기밀실을 쭉 둘러보고 나가려는 박 대위에게 김 중사가 말을 건넨다.

"반장님, 오늘 시간 있으십니까? 저랑 술 한 잔하시죠."

"술이요? 갑자기 왜요?"

"네, 드릴 말씀이 있어서 그렇습니다."

"네, 어디 가시겠습니까? 읍내로 갈까요? 아니면 군 회관으로 가실래요?"

"편한 옷으로 갈아입고 택시 타고 조금 교외로 나가시죠? 차는 제가 부르겠습니다."

20여 분 뒤 두 명의 젊은 남자들은 작은 호텔 로비에서 한참 그들을 기다리고 있던 택시에 오른다. 작은 읍내를 벗어나자마자 가로등 불빛 바깥쪽으로는 아무것도 보이지 않는다. 아주 길고 깊은 동굴을 통과하듯 택시는 어두운 밤길을 한참 미끄러져 내려간다. 강원도 산골의 왕복 2차선 도로는 한산하기 그지없다. 평소 차만 타면 말을 시키던 김 중사는 조용히 차창 밖만 내다보고 있다. 마치 검은색 물감으로 색칠한 듯 까만 벽으로 연결되어 아무것도 볼 수 없는 산골 아스팔트 도로 바깥을 응시하고 있을 뿐이다.

인근 소도시에 도착하니 분위기부터 산골 읍내와 차이가 크게 난다. 이른 저녁 시간이라 사람들이 제법 북적인다. 회식하러 온 직장인 무리도 보이고 책가방을 메고 학원으로 향하는 학생들도 보인다. 가족 단위로 외식을 하러 온 사람들도 보인다. 군부대 주변에 형성된 억지스러운 활력과는 다른 자연스러운 생기와 기운을 이곳에서 느낄 수가 있다.

"반장님, 뭐 드시겠습니까? 제가 여기도 잘 압니다."

"술 한 잔 해야 되니까 고깃집으로 가죠. 맛있는 데 아세요?"

"그럼요. 여기 널리고 널린 게 갈빗집이고 삼겹살집입니다."

박 대위와 김 중사는 극장과 백화점 사이의 골목길로 들어선다. 양쪽으로 식당이 야시장처럼 쭉 뻗어 있다. 실외인데도 불구하고 골목은 고기 굽는 연기로 자욱하다.

"저집니다. 양념돼지갈비가 아주 맛있습니다!"

시무룩했던 김 중사가 다소 활기를 찾고 평소 모습을 조금 보여준다. 고깃집 안은 이미 사람들로 발 디딜 틈이 없다. 구석의 조그마한 테이블에 앉자마자 김 중사가 큰 소리로 주문한다.

"여기요! 돼지갈비 3인분이랑 소주 한 병 주이소!"

갑작스러운 사투리에 박 대위가 웃음을 터뜨린다. 김 중사도 따라 웃다가 이내 냉정한 표정을 짓고 하고 싶었던 말을 꺼낸다.

"반장님, 제가 술 먹고 말씀드리면 술 취해서 하는 주사로 받아들이실 것 같아서 술 먹기 전에 말씀드리겠습니다."

"네, 말씀하세요."

"저기 오늘 지휘통제실 상황 장교 USB 건 있지 않습니까? 제가 반장님께 보고 드리기 전에 저희 기무부대 활동관님께 먼저 말씀드렸습니다. 잘못인 것 알고 있고, 지금 후회하고 있습니다."

"네."

"사실 이번 검열팀에 파견이 결정 나고 따로 저를 부르셔서 77사단 보안 검열 때는 한 건 하라고 하시더라고요. 처음에는 그 말이 무슨 뜻인지 몰랐는데, 77사단 참모장님과 저희 활동관 님이 위관 장교 때 한 부대에 근무했었는데 그때 둘 사이가 아주 좋지 않았답니다. 그때 저희 활동관님이 군복도 벗으려고 했다더라고요. 조금 유치하지만, 그래서 제가 오버 좀 했습니다. 죄송합니다."

"네, 알겠습니다. 그러면 해당 건 보고서에 정식으로 포함 시켜서 처리하세요."

원했던 군더더기 없는 박 대위의 시원한 대답에도 김 중사는 여전히 담담한 표정을 이어간다.

"네, 감사합니다. 그런데 말입니다."

"오늘 제가 반장님 안 거치고 바로 제 원소속 기무부대에 보고한 사항 이미 알고 계셨습니까? 오늘 특별참모부의 담당관 한 분이……."

"특별참모부 담당관 누구요?"

박 대위가 무표정한 얼굴로 묻는다.

"제가 누군지 정확하게 말씀드리기가……."

"특별참모부 누군지 말씀하세요."

박 대위가 노기 띤 얼굴로 김 중사를 압박한다.

"네. 경리 담당관입니다."

"계속하세요."

"경리 담당관이 사령부 뒤쪽에서 제가 전화 통화하는 모습을 반장님께서 멀리서 지켜보고 계신 것을 봤다고 했습니다. 이미 알고 계시고 일부러 저를 곤란하게 하시려고 그렇게 지시하신 것인지 궁금합니다."

"네, 맞습니다. 오늘 김 중사가 보고체계를 무시하고 소속 기무부대에 보고하는 것을 알고 일부러 보고서에서 빼라고 지시한 겁니다."

"아, 네."

자신의 잘못을 깨끗하게 인정하고 서운함을 토로하려고 했던 김충경 중사는 박 대위의 당당하고 거침없는 태도에 주눅이 들어버린다. 박 대위가 한숨을 내뱉고 다소 화를 누그러뜨린 얼굴빛으로 대화를 이어간다.

"뭐, 이렇게 솔직하게 말해줘서 고맙습니다. 솔직히 담당관님이 어떻게 나올지 지켜보고 있었습니다. 제가 사람 하나는 잘 봤네요."

"네?"

박 대위가 메고 온 가방을 뒤지더니 이내 종이 한 장을 김 중사 앞에 내민다.

"어, 이게 뭡니까? 어, 이거 기무사령부 중앙 수사단 추천서 아닙니까?"

"자세히 보세요. 이미 제가 작성해야 할 공란은 다 채워놨으니 담당관님은 사인만 하면 됩니다."

"제 이름이랑 제 인적사항이 있네요?"

김 중사가 자리에서 벌떡 일어나다가 뒤로 넘어진다.

"괜찮아요?"

"왜 저한테 이런 기회를……. 제가 사실 잘한 것도 없고 저희가 같이 일한 지 두달도 안됐는데."

"사실 이번에 사령부에서 예하 기무부대 요원 중에 우수한 인원을 선발해서 중앙 대공 수사팀에 합류시킬 계획이에요. 그래서 처장님께서 저보고 우수한 인원을 찾으면 추천서를 쓰라고 지시하셨고요."

기무사령부 중앙 대공 수사단이면 어디인가? 나는 새도 떨어뜨린다는 기무사의 가장 핵심부서로 손꼽히는 최고의 전략팀이다. 보통 20년 이상 된 상사급 부사관 중에서도 탁월한 능력과 연줄이 없으면 꿈꾸기도 힘든 곳이다. 김 중사는 경례와 배꼽인사를 동시에 한다.

"정말 감사합니다. 제가 어떻게 보답을 해드려야 될지 모르겠네요."

"뭐, 담당관님이 충분한 자격이 돼서 추천하는 것이니 저한테 그렇게까지 고마워할 필요 없습니다. 작년부터 지금까지 열 번 넘게 보안 검열을 했는데 담당관님처럼 사명감을 가지고 열심히 일하는 사람을 못 봤습니다."

"제가 이 은혜 제 뼈에 새겨서 절대로 잊지 않겠습니다."

"네, 알았어요. 일단 술 한 잔 하죠. 목이 마르네요. 고기도 다 익어가고……."

테이블과 바닥에는 자신의 본분을 다하고 속이 비워진 소주병들이 계속 늘어간다. 혀 꼬인 목소리로 김 중사가 묻는다.

"저기 만약에 제가 수사단으로 가면 누구랑 근무하게 되나요?"

"누가 보면 벌써 인사명령 난 줄 알겠습니다."

"에이, 제가 바보입니까? 사령부 기무 반장이 써주는 추천서가 합격증이랑 뭐가 다릅니까? 이건 뭐 프리패스죠. 프리패스."

박 대위가 왼손 검지를 세워 자신을 가리킨다.

"네? 기무 반장님이랑요? 오, 정말입니까?"

"바보 아니라면서요. 저랑 같이 근무할 거니깐 저보고 추천하라고 했겠죠."

"아, 정말 감사합니다. 절이라도 드릴까요?"

"어, 절하는 순간 저는 이곳에서 나갈 겁니다."

칭찬도 자꾸 들으면 싫어진다는 말이 박 대위는 실감나기 시작한다. 한 시간 넘게 듣기만 하던 박 대위가 순간 주제를 전환하는 한마디를 던진다.

"그런데 담당관님, 혹시 사령부 주변에 플라밍고라는 술집 아세요?"

우연

기무사 중앙 보안 검열 2일차.

오전 열 시가 넘은 시각 김충경 중사가 침대에서 겨우 몸을 일으킨다. 어떻게 호텔까지 돌아왔는지 전혀 기억이 나지 않는다.

'도대체 소주 몇 병을 마신 거지?'

어젯밤 기억을 더듬는다. 중간중간 잘려나간 영화 필름처럼 기억이 조각으로 떠오른다. 손을 뻗어 휴대 전화기를 들어 버튼을 누른다.

"담당관님 어디세요?"

"네, 어제 술을 좀 많이 마셨어요. 반장님은 나오셨나요?"

"네, 조금 전에 사단 작전참모부에서 회의하자고 해서 회의 들어가셨습니다."

"실무관님, 제가 나가기 전까지만 통제 좀 부탁드립니다."

전화를 끊고 더 깊은 후회가 밀려온다. 일어나려다가 어지러움을 느끼고 다시 침대에 앉는다.

'어차피 늦은 것 조금 더 쉴까? 술 냄새 풍기면서 돌아다니는 것보다는 낫겠지.'

다시 침대에 몸을 누인다. 누워서 천장을 보니 전등이 빙글빙글 도는 듯하면서 속이 메슥거린다. 눈을 감고 조각난 기억들을 이으려고 안간힘을 쓴다. 안주에는 거의 손대지 않고 소주만 들이키며 실속 없이 본인 자랑만 실컷 늘어놓은 것이 기억이 난다.

"여기에 친하신 분 많은가 봐요? 실시간으로 첩보까지 전달해주시는 분도 있고."

"그럼요. 77사단은 저한테 친정 같은 곳이죠. 제가 기무부대에 근무했던 시간보다 77사단에서 근무한 시간이 훨씬 더 깁니다."

"그래요?"

"네. 지금도 마음만 먹으면 사단장님 공관에 숟가락이 몇 개인지도 알 수가 있습니다. 특히 사령부에 근무하는 담당관들이랑 부사관들은 다 제 친구라고 생각하시면 됩니다."

"음, 이곳 77사단 지역은 김충경 예비 기무사 중앙 대공 수사단 수사관의 나와바리라는 거죠?"

"하하. 기무사 중앙 대공 수사단 수사관이라……. 말만 들어도 기분이 날아갈 것 같습니다. 제가 반장님을 위해서 무엇을 못하겠습니까? 말씀만 하십시오. 제가 모두 해결해 드리겠습니다."

대화 중간에 갑자기 박치환 대위가 플라밍고 단란주점에 관해서 물어봤고 자신이 자세히 설명을 해줬던 것이 기억난다.

"그런데 담당관님, 혹시 사령부 주변에 플라밍고라는 술집 아세요?"

"플라밍고요? 그럼요. 잘 알죠. 생긴 지가 한 4년 정도 된 것 같은데 자랑은 아니지만, 저도 몇 번 갔던 것 같습니다. 여기 77사단에 친한 사람들이 많으니 가끔 넘어와서 술자리를 했었거든요. 일단 아가씨들이 촌동네에서 보기 힘든 퀄리티에다가 마인드도 끝내줍니다. 무엇보다도 가격이 다른 곳에 비해서 상대적으로 아주 저렴합니다. 아마 여기 사령부랑 직할부대 간부 중에 안 가본 사람은 아무도 없을 겁니다. 그리고 보통 술집 아가씨들은 프리랜서라서 6개월 이상 같은 업소에 안 있는데 여기는 원년멤버가 아직도 있습니다. 그리고 새로 온 종업원들도 다들 1년 이상은 하고 있고요. 여섯 명 정도로 시작해서 지금은 스무 명은 족히 넘는 것으로 알고 있습니다."

"아, 신기하네요. 다른 건 모르겠는데 저 나이대에 서울이나 다른 대도시로 가면 수입도 더 많고 생활하기도 편할텐데 왜 여기 산골짜기 군부대 앞에서 일하죠?"

"아, 제가 듣기로는 여기 사장님이 마인드가 꽤 괜찮은 분이라고 들었습니다. 손님이라고 해서 종업원들한테 무조건 잘하라고 강요하지도 않고 오히려 문제 있는 손님이 오면 사장이 아가씨들 부담되지 않게 처리해 준답니다. 그리고 무엇보다 보통 술집은 사장이랑 아가씨가 수입을 4 대 6 비율로 해서 사장이 보통 40% 정도 떼어가는데 여기 사장님은 10% 정도만 먹는답니다. 술집 가격은 대도시나 다른 지역의 단란주점보다 저렴한데 아가씨들 수입은 더 높은 거죠."

"아, 네. 그렇네요."

"그러고 보니 우리 반장님 오늘 당기시는가 본데요. 오늘 제가 한턱내겠습니다. 쇠뿔도 단김에 뺀다고 바로 출발하시죠."

"아니요. 그냥 물어본 거예요. 진짜로 궁금해서. 기회가 되면 다음에 가봐요. 오늘은 여기 1차에서 끝내죠. 자, 수사관님 한 잔 받으시죠."

"네. 저의 직속 상관 수사관님 감사히 잘 마시겠습니다."

조용하던 휴대 전화가 갑자기 경쾌한 소리를 내며 울린다. 간신히 어제의 기억을 떠올리며 정적 속에서 집중하던 김 중사가 깜짝 놀라며 전화를 바라본다. 발신자가 같은 부대 동료인 것을 확인하자 조금 전부터 왠지 모르게 자리 잡고 있던 마음속의 조마조마함이 사라진다.

"여보세요? 충경아, 왜 이렇게 연락이 안 돼? 비밀 프로젝트는 잘 이행되고 있어?"

"어, 그래. 덕분에 도움이 많이 된 것 같다. 아직 잘 모르겠는데 성공하면 내가 크게 한턱낼게."

"봐라. 뭐라 그래도 나밖에 없지? 물론 알아서 잘하겠지만 그 박치환 대위가 중앙수사단 실세 중의 실세라고 하더라. 이번에 처장님 지시로 처음으로 예하 부대에서 요원들을 직접 찾고 있다고 하니까 너의 평생 꿈을 이번 기회에 놓치지 말고 이뤄봐."

김충경 중사는 잠시 안일했던 자신을 자책하며 비틀거리는 몸을 일으켜 욕실로 향한다. 한참 동안 차가운 물을 맞으면서 토악질했더니 속이 조금 가라앉는다. 샤워를 끝내고 나오자마자 어젯밤 일에 대한 후회가 쓰나미처럼 밀려온다. 아무리 자신이 원하는 방향으로 일이 흘러가고 술에 취했어도, 자신을 통제하지 못한 점이 너무 원망스럽다. 숙취로 인해서 지각한 것에 대한 후회와 원망보다는 기분에 취해 박치환 대위에게 너무 많은 패를 노출시킨 자신에 대한 책망이 가장 크다. 박치환 대위의 친절하고도 사려 깊은 얼굴 뒤에는 왠지 모를 깊고 깊은 차가움이 느껴진다. 그런 그가 싫기보다는 그저 불편하고 무섭다. 어제 솔직하게 자신의 잘못을 밝히고 용서를 구하지 않았다면 군 생활에서 아니 인생에서 얻기 어려운 행운, 말 그대로 절호의 기회를 놓쳤을 것이다. 더 무서운 것은 사소한 데에 무게를 뒀다가 정작 자신이 원하고 계획했던 큰 그림을 완전히 그르칠 뻔했다는 아찔한 상상이다.

덫을 놓고 기다리는 사냥꾼은 반드시 먹음직스러운 미끼로 사냥감을 덫 주변으로 유인한다. 김충경 중사는 본인이 그 사냥감은 아닌가 하는 기분이 들었다가 너무 멀리 갔다는 생각에 머리를 세차게 좌우로 흔든다. 자조 섞인 웃음을 지으면서 혼잣말로 중얼거린다.

'내가 예민해도 너무 예민했네. 내가 흑심을 가지고 반장님한테 먼저 접근했지, 반장님이 나한테 뭘 얻을 게 있다고 그렇게 하겠나.'

오후 한 시가 넘은 시간 김충경 중사가 충혈된 눈으로 기밀실로 들어선다. 그런데 한창 검열관들과 사단 간부들로 북적거려야 할 장소는 전산 보안 담당관 혼자만 지키고 있을 뿐이다.

"실무관님! 다들 어디 가셨나요?"

"어, 담당관님 오늘 못 나오신다고 들었는데……. 아, 아직 모르시겠구나."

"네? 뭘요?"

"저기 정보종합상황실에 대형 보안사고가 발생했습니다. 저도 정확하게 듣지는 못했는데 정보분석 장교가 참고용으로 몰래 2급 비밀을 복사해서 개인 수첩에 가지고 다녔다는데요!"

김 중사 눈빛이 갑자기 돌변하면서 묻는다.

"그래서 다들 지금 어디 계시죠?"

"네. 반장님은 종합상황실로 가셨고 나머지 분들은 반장님 지시로 정보참모부 사무실을 집중 검열 중입니다. 77사단 작전참모도 반장님과 같이 있는 것으로 알고 있습니다. 저, 그런데……."

전산 보안 실무관의 말이 채 끝나기도 전에 기밀실을 뛰쳐나간다.

전방 상비사단 중에서 GOP를 책임 지역으로 두고 있는 현행작전부대에 필수로 편제된 정보 분석 시설이다. 각 군과 미군, 그리고 정보기관에서 인간, 통신과 위성 자산을 활용하여 종합한 첩보를 분석하고 정보를 생산하며 인가된 인원 및 조직에 한정적으로 배포하는 역할을 한다. 사단 사령부 내에서 제3지대 경계 지역, 즉 핵심방어지대로서 상시 고정초소 운영과 경비 인원이 상주하는 곳으로 2급 특별 시설 출입 승인이 난 일부 인원만 출입할 수 있다. 이러한 특수정보 시설을 관리하고 책임지는 정보분석 장교가 보안사고를 일으켜서 중앙 보안 검열에 적발되는 일은 아주 드문 일이며 군내에서도 아주 큰 파문을 불러올 수가 있다.

사령부 내에 유일하게 추가 철조망으로 주변을 둘러싼 시설 입구를 지키고 있는 병사는 몸에 걸친 복장과는 걸맞지 않게 다급하게 뛰어 들어오려는 부사관을 보고 그 앞을 막아선다.

"출입증 패용 부탁드립니다."

"나 기무 담당관이야! 비켜!"

"죄송합니다. 출입증 없이는 아무도 들어갈 수 없습니다."

"이 새끼야, 비키라고! 정신 안 차려? 아무것도 모르면서. 비켜!"

"죄송합니다. 규정을 준수해 주십시오."

병사는 지극히 정상적으로 자신의 맡은 바 임무에 최선을 다하고 지침을 따르고 있다. 평소 같았으면 김 중사가 검열관으로서 시설보안 부문에서 상점을 주어야 할 상황이지만 지금 그는 깊은 짜증이 올라오고 욕지기가 나온다.

"이 새끼가, 너 죽고 싶어? 이게 누구 앞에서 규정 타령이야!"

"경비병! 기무 담당관님이시다. 통과시켜 드려."

김 중사 뒤에서 무궁화 세 개가 그려진 계급장을 단 50대 군인이 점잖은 말투로 경비초소를 지키는 병사에게 지시한다.

"충성! 부사단장님! 네, 알겠습니다. 들어가십시오."

"너 이 새끼, 내가 그렇게 우스워?"

"담당관, 너무 그러지 마소. 경비병은 자기 임무에 충실한 것뿐이오. 잘못이 있다면 일을 이 지경까지 만들어 김 중사를 화나게 한 능력이 부족한 나한테 있소."

경비병 멱살을 잡으려던 김 중사가 뒤로 물러서면서 행정 부사단장을 바라본다.

"자, 김중사도 보안 사고 때문에 이렇게 급하게 올라온 것 아니오. 여기서 시간 낭비하지 말고 들어갑시다."

뒷짐을 지고 천천히 정보종합상황실로 걸어 들어가는 행정 부사단장을 아무 말 없이 김 중사가 뒤따라 들어간다. 위장 천으로 뒤덮여 있는 벙커 속의 정보종합상황실의 좁은 공간은 무전기의 기계음과 무겁고 침울한 기운이 한데 섞여 괴기한 분위기를 만들어내고 있다. 박치환 대위는 전투복 깃에 노란색 다이아몬드 계급장을 달고 있는 중장년의 간부에게 무표정한 얼굴로 이것저것을 따져 묻고 있다.

"해당 위치 자료는 언제 복사하셨죠? 그리고 비밀표식이 있는 부분은 어떻게 하셨나요? 다른 말은 하실 필요 없고 묻는 말에만 그리고 사실만 말씀하십시오."

흡사 인간미가 결여된 기계가 인간을 지배하는 미래에 인공지능 컴퓨터가 인간을 추궁하고 억압하는 것과 같은 장면에 김충경 중사는 박 대위에 대한 왠지 모를 두려움을 느낀다.

"작전참모님, 아무도 출입시키지 말라고 했을 텐데 지금 뭐 하시는 겁니까?"

"아, 네, 그게 부사단장님께서······."

"지금 두 분 다 외부에 나가시도록 조치해 주세요."

박 대위는 김 중사 쪽으로 눈길도 주지 않은 채 작전참모를 강박한다.

"기무반장 실례했소. 상황 마무리되는 대로 나랑 대화 좀 합시다. 담당관도 지금은 방해꾼 같으니 우리 자리를 비켜 드립시다."

전투에서 패한 장수의 모습으로 김중사는 상황실을 빠져나온다.

'도대체 박치환 대위는 어떤 사람인가? 어제 수없이 술잔을 부딪치며 농담을 주고받았던 친구 같았던, 격이 없던 동갑내기 상관은 어디 있나? 상황에 따라서 저렇게까지 감정을 배제하고 행동할 수 있는 사람은 몇이나 될까?'

깊은 상념에 빠져 있는 김 중사를 행정 부사단장이 불러 세운다.

"담당관, 문전박대당한 사람끼리 차 한 잔 합시다. 내 방으로 갑시다."

사령부 2층의 사단장실 출입구 맞은편에 있는 행정 부사단장실 소파에 두 명의 군인이 심각한 얼굴로 앉아 있다. 둘 다 같은 고민을 하는 것처럼 보이지만 같은 주제로 각자의 걱정거리에 대해 애를 태우고 있을 뿐이다. 머리가 희끗희끗한 중장년의 장교가 젊은 부사관에게 묻는다.

"담당관, 이번 일 쉽게 넘어가기 어려울 것 같은데 어떻게 했으면 좋겠소? 최소한 재검열은 막아야 하지 않겠소? 그리고 30년 넘게 군 생활한 김 준위는 또 어떻게 될 것 같소?"

"부사단장님, 사실, 이 사안은 정말 심각합니다. 보안 검열은 둘째치고 정보분석 장교는 지역 기무부대 경위 조사를 받아야 할 겁니다. 징계는 당연하고 군법에 회부될 수도 있습니다. 개인적으로 저도 김 준위랑 친분이 있습니다. 최대한 징계 수위를 낮추고 재검열받지 않도록 설득을 하고 싶은데……"

기무 담당관으로서 박치환 대위 앞에서의 행동과는 지금 전혀 다른 행동을 취하고 있다. 상황에 따라 이중적이라고 매도할 수도 있겠지만 김 중사도 지금 이 순간만큼은 진심으로 정보분석 장교 김현 준위를 걱정하고 있다.

"음, 내가 볼 때 박 대위가 꽉 막힌 사람처럼 보이던데 어떻게 하면 조금이라도 타협을 볼 수 있겠소? 그리고 빨리 진행을 해야 합니다. 지역 기무부대나 타 기관에서 이번 사고를 알게 되면 그때는 정말로 빼도 박도 못하게 됩니다."

"알겠습니다. 일단 대면조사가 끝나는 대로 제가 기무 반장에게 말해보겠습니다."

"고맙소. 김 중사가 우리 부대 출신이라서 정말 다행입니다. 김 중사, 만약 잘 해결되면 내가 잊지 않고 앞으로 군 생활을 많이 돕겠소."

자신의 손을 양손으로 부여잡는 행정 부사단장의 절실함이 김 중사의 어깨를 강하게 짓누른다. 행정 부사단장실을 무거운 걸음으로 빠져나온 김 중사가 사령부 건물 2층 계단을 내려오다가 양손에 책 꾸러미를 들고 힘겹게 계단을 오르는 여자 군무원과 마주친다.

"무거우신 것 같은데 제가 도와드릴까요?"

"아, 네 감사합니다."

20대의 젊은 여군무원은 반가운 눈빛으로 짐을 김 중사에게 내민다. 짐을 받아 들고 계단 하나를 오르는데 불현듯 까맣게 잊고 있었던 어젯밤 술자리의 기억 조각 하나가 떠오른다.

"저기 반장님, 그런데 어떻게 플라밍고를 아셨습니까? 반장님이 일부러 단란주점을 찾으신 거예요?"

"아니, 왜 이러십니까? 저 그렇게 밝히는 사람 아닙니다. 전에 읍내에 나갔다가 터미널에서 젊은 여자들이 여러 명 같이 지나가는 것을 봤는데 그중에서 한 아가씨가 눈에 띄었어요. 피난이라도 가듯 양손에는 짐을 잔뜩 들고 가길래 대학교 MT 가는 건가 싶었는데, 알고 보니 플라밍고라는 술집 종업원들이라더군요. 호기심도 생기고 궁금하기도 해서요."
 잠시 망각했던 그 조각은 의식 속에 있던 다른 대화 내용으로 이어진다.
 "그러고 보니 우리 반장님 오늘 당기시는가 본데요. 오늘 제가 한턱내겠습니다. 쇠뿔도 단김에 뺀다고 바로 출발하시죠."
 "아니요. 그냥 물어본 거예요. 진짜로 궁금해서요. 기회가 되면 다음에 가봐요. 오늘은 여기 1차에서 끝내죠. 자, 수사관님 한 잔 받으시죠."
 잃어버린 퍼즐 조각 하나가 맞춰지면서 제법 쓸만한 아이디어 하나가 떠오른다. 김 중사는 뛰다시피 계단을 올라가서 책 꾸러미를 바닥에 내려놓고 빠른 걸음으로 행정 부사단장실로 향한다. 급한 마음에 상대방이 자신의 노크 소리에 반응하기도 전에 벌컥 행정 부사단장실 문을 연다. 의자에 앉아 있던 행정 부사단장이 깜짝 놀라 자리에서 일어난다.
 "무슨 일이오? 왜 다시 왔소?"
 "부사단장님, 좋은 생각이 있습니다."
 "금일 저녁에 플라밍고 예약 부탁드립니다. 부사단장님과 작전참모 그리고 저와 기무반장, 이렇게 네 명이면 됩니다."
 행정 부사단장은 굉장히 뜻밖이라는 낯빛으로 묻는다.
 "단란주점에서 해결하자는 말이오? 박 대위가 좋아하겠소? 유흥을 즐긴다고 하더라도 여기보다는 경기도나 서울 쪽으로 가는 게 좋을 것 같은데……."
 "아닙니다. 여기가 훨씬 좋습니다. 그리고 다 생각이 있으니 제가 부탁드린대로 해주십시오."
 "뭐, 김 중사가 더 잘 알겠지. 알았소. 내가 바로 사장에게 전화해서 저녁에 예약해 놓겠소."

행정 부사단장은 익숙하게 플라밍고 사장과 전화 통화를 한다. 상대방 사장의 목소리는 직접 들을 수가 없으나 행정 부사단장의 갑작스러운 주문에도 아무런 불평 없이 적극적으로 응하는 것이 느껴진다. 행정 부사단장이 수화기를 내려놓는다.
　"부사단장님, 감사합니다."
　"감사하긴. 내가 더 감사하지. 아무튼, 김 중사만 믿겠소. 아직 사단장님께는 아무런 말씀을 드리지 못했는데 내가 사단장님께 보고 드릴 필요가 없도록 해주시오."

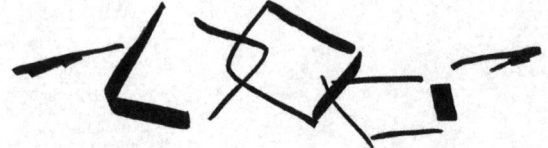

후조(候鳥)

휘이휘이 춤을 추자
진달래꽃 빛깔이
사방으로 흐드러진다.

까악까악
부리를 부딪히자
핏빛이 눈 앞을 가린다.

푸드득푸드득 날개짓하자
칡과 등나무의 실타래가
산산이 흩어져버린다.

펄럭펄럭
퍼렇게 멍들어 있는 하늘을
그들의 비상이 가득히 메운다.

우리네 삶도 너를 닮아라!

둔치

 77사단 사령부, 사단장실과 참모장실 사이에 샌드위치처럼 끼워진, 말 그대로 부속실의 사단장 전속부관으로 보직을 받은 지 일주일도 채 안된 박치환 중위가 업무 파악을 하느라 정신이 없다. 여기저기 어지럽게 흐트러진 서류가 현재 어떤 상태인지 여실히 드러내 보인다.
 사단장 전속부관은 사단장의 개인비서로서 수행비서와 비서실장 업무를 겸임하며 사단장을 가장 가까운 거리에서 보좌하는 직책이다. 통상 2성 장군 지휘관인 사단장은 중위급의 장교가 보임되며 24시간 일거수일투족을 함께하는 특별참모이다. 임무 특성상 지휘관의 신뢰가 가장 중요하며 항상 대기 상태를 유지해야 하고 긴장의 끈을 놓쳐서는 안 되는 가혹할 만큼 힘들고 희생이 요구되는 자리이다. 그러나 어려운 만큼 장성급 지휘관의 최측근으로서 무형의 보상이 큰 보직으로 중위급의 장교들이 가장 선호하고 가고 싶어 하는 직무군 중 하나이기도 하다.
 GOP 대대에서 인사과장 직을 수행하던 박치환 중위는 GOP 체험 교육을 위해 부대를 방문한 사단 보임 장교의 눈에 들어 추천을 받고 인사참모를 거쳐 참모장까지 두 번의 면접을 통해 선발되었다. 대대의 중위급

장교들의 부러움을 사면서 GOP를 떠나 사단 사령부로 전출 왔지만 정작 본인은 병사들과 뒤엉켜 생사고락을 같이하던 전투부대 지휘자와 참모장교 임무 수행을 할 때가 훨씬 더 행복했다.

"삐."

잡동사니가 가득한 책상의 인터폰이 하루에도 수십 번이 울리지만 울릴 때마다 바짝 긴장되고 놀라는 상황이 계속 반복된다.

"부관입니다."

메시지 전달에 있어서 지극히 효율성만 두드러진 한 마디가 작은 스피커를 통해 흘러나온다.

"총장 연결해라."

"총장 연결하겠습니다."

사관학교를 졸업하고 장교로 임관 후 대대 참모 시절까지 근 3년 동안 하지 못한, 아니 하지 않은 복명복창을 하루에도 수십 번씩 인터폰이 울려대는 횟수만큼 되풀이하고 있다. 대답했으나 순간 의문이 든다.

'총장? 해군참모총장이나 공군참모총장은 아니겠지? 그래, 당연히 육군참모총장님이겠지.'

박 중위는 자신의 지식과 경험을 토대로 합당한 판단을 내리고 육군참모총장실의 내선 번호를 누른다. 곧장 여군 간부의 목소리가 들린다.

"참모총장실입니다."

"안녕하십니까? 77사단 전속부관입니다. 사단장님께서 참모총장님과 전화통화 연결하라고 하셨습니다."

"저, 오늘 총장님과 계획된 전화통화가 없습니다. 중요한 건입니까?"

"네. 사단장님께서 아주 급하고 중요한 사항이라고 하셨습니다."

"네, 알겠습니다. 바로 연결하겠습니다."

내선의 빨간불이 점화되어 통화가 시작된 것을 확인하고 마음을 놓는다. 그런데 5분 후, 사단장실 문이 밖으로 세차게 열리면서 흥분한 사단장이 소리를 지른다.

"참모장! 누가 이런 놈을 전속부관으로 뽑았어!"

"강원대학교 총장 연결하라니까 참모총장님을 연결해? 미친놈 아니야? 그리고 내가 언제 중요한 사항이라고 했어? 전방 사단장이 사전 약속도 없이 급한 사항이라고 하면 얼마나 놀라시겠어? 무장공비 내려왔냐고 물으시더라!"

참모장실에서 뛰쳐나온 참모장도 까닭을 모른 채 어리둥절할 뿐이다.

"죄송합니다. 제가 잘 가르치겠습니다."

"필요 없고 참모장과 부관 모두 군장이나 싸!"

나이가 지긋한 50대 대령과 20대 중위가 나란히 방탄 헬멧과 소총, 25kg의 무거운 배낭을 메고 사령부 앞 연병장을 돌고 있다. 사령부 연병장에서 운동복이 아닌 완전군장 차림으로 간부가 연병장을 도는 일도 드물지만, 그중에 한 명이 사단에서 서열 5위 안에 드는 고급장교인 대령이라는 것이 그 모양새가 신기하다 못해 이상할 정도이다.

연병장 바깥쪽 도로로 걸어가던 간부들이 연병장을 쳐다보고 모두 한 번씩 아연실색하고도 못 본 척 지나친다. 눈치 없기로 소문난 중령 군수참모가 연병장을 뛰어 들어와 가쁜 숨을 내쉬며 다급하게 묻는다.

"아니, 참모장님! 무슨 일이십니까? 왜 완전군장을?"

참모장은 대답도 하기 싫은 듯 손을 내저으며 군수참모를 연병장 밖으로 돌려세운다. 그리고 바로 옆 박치환 중위를 보자 조금 전과 똑같은 각도와 모양으로 고개를 떨군다.

"치환아, 나 연대장 끝난 지 2년이 넘었다. 네 덕분에 거의 15년 만에 완전군장 돌아본다."

"죄송합니다."

"참, 너도 물건이다. 하기야 너로서는 총장이라고 하면 육군참모총장 말고 누가 생각이 나겠냐. 그래도 쓸데없는 소리는 왜 하냐? 오자마자 대형사고 쳤으니깐 다음에는 더 잘하겠지……. 허허허."

걸음마를 갓 뗀 손주를 바라보듯 흐뭇하게 웃는 할아버지 웃음소리 뒤로 노란색과 빨간빛 물감이 뒤섞인 듯 불그스름한 노을이 내일을 위해 산언저리 밑의 잠자리로 몸을 숨긴다.

필연

"실무관님, 어떻게 처리했으면 좋겠어요?"

"이 사항은 처리가 아니라 바로 수사 의뢰부터 해야 합니다. 그리고 사단 보안 검열도 '판단 보류'로 하시고 3개월 뒤에 재검열해야 합니다."

"그럼 담당관님은 어떻게 생각하세요?"

기밀실 한쪽에 4인용 테이블 하나와 의자가 놓여 있는 작은 내실에 군복이 아닌 일반 회사원 복장을 한 두 명의 군인과 한 명의 군무원이 한 테이블에 앉아서 오늘 발생한 심각한 보안사고에 대한 처리를 주제로 회의를 하고 있다. 김충경 중사는 직위상 상급자인 본인에게 먼저 처리방안을 묻지 않고 실무관에게 질문을 던져 자신을 압박하려는 박 대위의 의도가 짐작되지만, 소신껏 자신의 의견을 피력한다.

"솔직히 말해서 가벼운 사안은 절대 아닙니다. 그렇다고 해서 무조건 처벌에 무게를 두고 서둘러서도 안 됩니다. 이럴수록 신중하게 접근하시고 일단 77사단 쪽의 말도 들어보시는 게 좋을 듯합니다."

정보분석 장교 김현 준위는 심각한 보안 사고를 일으켰다. 군사 2급 비밀로 분류된 국경 지역 주변의 북한군 부대 위치도를 승인 없이 복사하고 해당 문건이 비밀 문건이라는 사실을 숨기려고 일부러 2급 비밀이라고 기록되어 있는 부분을 가위로 잘라 내버렸다. 단순한 참고 목적이라고는 하나 불법으로 비밀을 추가 생산하고 훼손까지 한 중대한 과오이다. 그러나 김충경 중사는 검열관으로서 자신의 사명은 잠시 내려놓기로 한다.

"네, 맞네요. 너무 성급하게 처리하지 말고 일단 77사단 지휘부의 입장도 들어보죠. 부사단장님도 하실 말씀이 많으신 것 같던데. 그럼 담당관님이 금일 퇴근 전까지 회의 잡으세요."

"부사단장님께서 지금 퇴근 시간이 다되었으니 외부에서 저녁 식사하면서 말씀을 나누자고 하십니다."

"저녁 먹으면서 할 얘기는 아닌데……. 뭐, 곧 퇴근 시간이기도 하니 알겠습니다."

시간과 상황에 따라 전혀 다른 사람 같은 반응을 보이는 박치환 대위는 종잡을 수 없는 사람이다. 그의 행동에는 보통 사람들이 가진 일반적인 행동 방식이나 예상 가능한 패턴이 전혀 보이지 않는다.

"참, 반장님! 곧 퇴근 시간이니 반장님과 저만 참석하면 될 것 같습니다."

이른 저녁 강원도 77사단 군 회관 귀빈실에 박 대위와 김 중사가 들어선다. 행정 부사단장이 밝은 표정으로 두 사람에게 악수를 권하고 곧장 자리에 앉아서 하얀색 거품과 노란색 술이 층을 이루도록 맥주잔을 채운다.

"일단 좋은 일이든 그렇지 않든 이렇게 모였으니 다들 시원하게 한 잔 들이킵시다."

행정 부사단장의 건배 제의가 끝나자마자 다들 목이 마른 듯 숨도 쉬지 않고 입 안으로 보리술을 부어넣는다. 한참 갈증이 날 때 마시는 시원한 맥주는 보약이라 했던가? 실제와 전혀 무관한 아니 그 반대인 속설이 지금 이 순간 김 중사에게는 사실처럼 느껴진다. 바로 옆 박 대위도 잔을 깨끗이 비우고 개운한 표정을 짓는다.

"다들 목이 마르셨구먼. 한 잔씩 더 합시다."

"기무반장, 그리고 담당관! 금일 정보종합상황실에서 있었던 일은 입이 열 개라도 할 말이 없습니다. 누가 봐도 잘못한 것이고 심각한 문제라는 것도 잘 알고 있어요. 그런데 좀 도와줄 수 없겠소? 사단 보안 검열은 둘째 치더라도 우리 김 준위 어떡합니까? 올해로 34년 동안 군에서 생활한 사람이에요. 내년이면 직업보도 교육 갔다가 이듬해 퇴역입니다. 막말로 대공 용의점이 있는 것도 아니고 이적행위를 한 것도 아닌데 업무를 조금 편하게 하려고 했던 판단 착오로 인해서 평생 쌓아올린 공든 탑을 무너뜨리기에는 너무 가혹합니다. 잘 아시다시피 이 사안 보고되면 김 준위는 불명예 전역에다가 연금도 없이 군을 떠나야 합니다. 더 심하면 군사 법원에 회부가 될 수도 있잖소. 내가 실례를 무릅쓰고 부탁합니다."

행정 부사단장은 박 대위의 가장 약한 부분을 파고든다. 자신의 실리와 직결되는 조직과 상관의 안위가 아니라 부하를 진심으로 걱정하고 아끼는 내리사랑 논리는 철옹성 같은 박 대위 마음속 차단벽에 균열을 내기 시작한다.

"박 대위 어떻게 방법이 없겠소? 무조건 규정대로 절차대로 갈 생각입니까?"

김 중사는 아무 대답 없이 가만히 한 곳을 응시한 채 생각에 잠겨 있는 박 대위가 답답하기만 하다. 지원사격을 못 하고 머뭇거리며 박 대위의 눈치를 보는 동안 침묵을 참지 못한 행정 부사단장이 선수를 치고 나온다.

"그렇게 곤란하면 이건 어떻소? 나를 징계하시오. 성실의무 위반 규정에서 지휘·감독 소홀 조항을 적용하시오. 대신 김 준위를 사단 자체 징계위원회에 회부되도록 해주고 사단도 정상적으로 검열을 받게 해주면 됩니다."

자신을 희생시켜서라도 부하와 조직을 지켜달라는 요청에 박 대위의 견고한 성벽이 한순간에 무너져 내린다. 30년이 넘는 군 복무 기간 동안 산전수전 공중전을 겪으며 하나씩 세워지고 채워진 행정 부사단장의 연륜은 생각지도 못한 신의 한 수를 만들어낸다. 행정 부사단장이 제의한 징계 사유는 지휘 책임이다. 본인의 직접적인 잘못이나 과실이 아닌 부하의 잘못으로 인한 책임, 그에 대한 문책은 상대적으로 가벼울 수밖에 없다. 대령인 행정 부사단장은 '엄중 경고' 수준의 처벌이 내려질 것이다. 장군 진급을 목표로 하고 있다면 엄중 경고도 걸림돌이 되겠지만 이미 진급 가능 연수를 초과한 말년 대령의 경우 심리적으로 군 생활에서 오점을 남겼다고 생각할 수는 있으나 직접 크게 문제 될 것은 없다. 보안 검열팀 입장에서도 대령급 장교를 처벌함으로써 충분히 위신은 세울 수가 있다.

"네, 알겠습니다. 제가 내일까지 저희 검열 팀원들과 의논해보고 말씀드리겠습니다."

"반장, 고맙소. 명일 좋은 소식을 기다리겠소. 자, 이제 따분한 이야기는 그만하고 모두 듭시다. 아, 그리고 오늘은 여기서 끝낼 생각들 하지 마시오. 작전참모!"

"네, 부사단장님."

"당신도 잘못이 있으니 1차는 작전참모가 계산하도록. 나머지는 내가 모두 책임질 테니!"

"네. 여부가 있겠습니다!"

한시름 놓은 작전참모의 넉살을 시작으로 냉랭한 공기가 급격히 해동된다. 비워진 술병이 많이 쌓여 갈수록, 취기가 오를수록 떠들썩한 분위기가 형성된다. 묵언 수행을 끝내고 속세로 돌아온 승려들처럼 서로서로 못했던 말들을 한꺼번에 바깥으로 내어놓는다. 그 시끌벅적함 속에서도 박치환 대위는 그저 듣고만 있다. 가끔 동의의 표시로 고개만 끄덕일 뿐이다. 한참 동안의 넋두리가 끝나고 행정 부사단장이 이끄는 대로 모두 이동한다.

"부사단장님, 어디로 가십니까? 2차 어디로 가는지 알려 주십시오."

"박 대위, 가면 압니다. 그냥 따라오세요."

10여 분 걸어가자 어두운 밤을 번쩍번쩍 밝히는 플라밍고 네온사인이 눈에 들어온다.

플라밍고 유흥주점

미국 네바다주, 카지노와 유흥으로 유명한 환락의 도시 라스베이거스에 세워진 최초의 카지노 '플라밍고'. 지구 반대편, 동양의 조용한 아침의 나라 시골 산골에 플라밍고 유흥주점은 왜 과거 마피아가 세운 도박의 도시의 호텔 이름을 빌려 왔을까? 아무런 지리적 물리적 연관성이 없지만, 왠지 어울리는 듯한 이 둘의 상관관계가 사람들의 이목을 끄는 것인가? 아니면 다른 숨은 뜻이 있는 것인가?

박 대위가 플라밍고 유흥주점 입구 앞에서 들어가지 못하고 망설이자 작전참모와 김 중사가 범죄자를 연행하듯이 양팔을 잡고 단란주점 안으로 끌고 들어간다. 주점 내부는 어둡지만 화려하고 사치스럽지만 고급스럽지 않은 부조화가 자리잡고 있다. 행정 부사단장과 비슷한 나이대의 좋은 인상의 사장이 반가운 얼굴로 일행을 맞이한다.
"어이구, 부사단장님 오셨습니까? 오늘 아주 중요한 손님을 모시고 온다고 하셔서 오후 내내 긴장하고 기다리고 있었습니다."
사장은 행정 부사단장의 일행을 슬쩍 훑어보고 한 마디를 더 보탠다.

"부사단장님께서 직접 전화까지 하시고 귀한 분들이라고 해서 나이가 지긋하신 줄 알았는데 의외입니다. 다들 젊으신 분들이라 조금 놀랐습니다. 일단 안내하겠습니다."

쉽지 않은 업종의 사장답게 모두를 배려하면서 자신의 의사를 전달하는 언변을 가지고 있다.

스무 명 넘게 들어갈 수 있는 넓은 방은 에어컨 냉기와 향수 냄새로 가득하다. 소파 정면으로 일반 가정집 TV의 두세 배 크기에 달하는 대형 모니터가 자리잡고 있고 그 화면에는 반라의 무희들이 흥에 겨운 듯 음악에 맞춰 춤을 추고 있다. 화면 속 댄서들을 비추는 카메라 앵글이 어지럽다. 흡사 아프리카 밀림 지역의 늪지대에 내려 앉았다 일제히 날아오르는 플라밍고의 군무를 본 적이 있다. 붉고 화려한 플라밍고의 뇌쇄적인 춤과 20대 꽃다운 여인들이 처절한 현실의 담벼락에 막혀 억지로 웃음과 성을 팔아야 하는 어지러운 현실이 묘하게 겹친다.

"부사단장님, 저희 애들 들어오라고 하겠습니다. 천천히 고르시면 됩니다."

상반신을 드러내는 상의와 짧은 치마의 홀복으로 무장한 여자들이 서너 명씩 한 조가 되어 들어온다. 짙은 화장에 노출을 강조한 드레스와 상대방을 유혹하는 눈빛과 손짓, 전형적인 접대부의 조건을 모두 갖추고 있다.

"안녕하세요. 플라밍고입니다."

접대부들의 단체인사가 끝나자 사장이 다음 차례를 권한다.

"부사단장님, 골라 보시죠. 마음에 안 드시면 다음 조로 돌리겠습니다."

"사장님, 오늘은 저기 젊은이 두 분이 주인공이니 저분들부터 고르고 나서, 나와 작전참모는 나중에 골라야 해요. 기무반장, 담당관, 초이스하세요."

"원래 이런 곳에서는 막내한테 우선권이 있는 것 아닙니까? 제가 먼저 초이스하겠습니다. 왼쪽 끝에 빨간색 옷 이리로 오세요."

빨강 짧은 치마 속으로 속옷이 살짝 보이는 지나라는 예명을 가진 아가씨가 부름을 받자 살짝 목례를 한 후 김 중사 옆에 조심스럽게 앉더니 테이블에 있던 물수건을 들어 김 중사의 얼굴을 정성스레 닦아주고는 오래된 연인처럼 팔짱을 낀다.

"자, 이제 박 대위 차례입니다. 빨리 고르세요. 여기 왔으면 빼는 거 아닙니다."

"부사단장님, 기무 반장은 아직 마음에 드는 사람이 없는 것 같습니다. 좀 더 보여 주세요."

네 번 물갈이가 되고 모든 접대부를 룸 안으로 불러들였으나 박 대위가 파트너를 정하지 못하자 사장까지 포함해 같은 공간 안에 있는 모든 사람이 불편함을 떠나 불안감을 느끼기 시작한다. 가만히 상황을 지켜보던 김 중사가 작전참모와 사장을 밖으로 불러낸다. 사장에게 무언가를 물어보려고 하는데 작전참모가 그 순간을 가로채고 한 마디한다.

"담당관님, 박 대위 여기까지 와서 왜 저러는 겁니까? 여기가 마음에 들지 않는 겁니까? 아니면 잘해줄 것처럼 해놓고 마음이 바뀐 건가요? 이러다가 내일 저희 뒤통수 맞고 낙동강 오리 알 되는 거 아닙니까?"

"작전참모님, 걱정하지 마세요. 그런 거 아닙니다. 저도 같이 지낸 지 한 달 조금 넘어서 정확히는 모르지만, 굉장히 신중한 사람입니다. 가끔 다른 사람처럼 행동할 때가 있어도 이번 보안 사고 건은 잘 처리 해줄 겁니다. 안 도와줄 것 같았으면 애초에 여기 오지도 않았고 술도 안 마셨을 겁니다."

"근데 왜 저래요? 다들 불편하게. 눈이 까다롭나? 아니면 뭐 원하는 스타일이 따로 있나?"

"네. 안 그래도 그것 때문에 제가 사장님까지 나오시라고 한 겁니다."

"사장님, 여기에 눈 크고 얼굴 하얀 친구 없습니까?"

"아, 그게 오늘 우리 애 중에 여섯 명 정도가 안 나왔어요. 평일은 항상 비슷한 수준입니다. 더 많이 안 나올 때도 있고……. 그런데 저기 계신 분이 저희 아가씨 중에 이미 봐둔 애가 있나 보네요?"

옆에서 상황을 지켜보던 눈치 빠른 사장이 김 중사가 묻는 의도를 감지하고 되묻는다.

"그런데 얼굴이 희고 눈이 크다는 것만으로는 누군지 알 수가 없습니다. 여기 보세요. 다들 눈 크고 하얗잖아요. 좀 구체적인……."

"그럼 오늘 쉬는 아가씨들 다 나오라고 해서 고르라고 하면 되잖아요."

"그건 안됩니다. 우습게 들리실지 모르겠지만 저희 애들도 엄연히 휴일이 있고 휴식도 취해야합니다. 그리고 각자 일정이 있을 텐데 제 마음대로 마구잡이로 부를 수는 없습니다."

"아니 사장님, 저희가 누굽니까? 저희가 직할대대 나부랭이도 아니고 행정 부사단장님 모시고 왔는데 안 되는 게 뭐가 있어요?"

"네. 알고 있습니다. 그래서 오늘 오후에 갑자기 연락 주셨어도 최대한 준비해드리고 제가 직접 안내해드리고 있지 않습니까? 저희 애들이 그냥 맨몸으로 오는 거 아닙니다. 화장도 해야 하고 옷도 빌려야 해요. 정확하게 지정하신 인원이 있어서 나오라고 하는 건 몰라도 이거는 그냥 쉬다가 끌려 나와 아무런 소득도 없이 다시 되돌아가야 하잖아요."

"아, 잠시만요. 혹시 평소에 흰색 원피스 즐겨 입는 아가씨 있나요?"

김 중사가 기억을 더듬어 한 가지 단서를 더 생각해내자 사장이 그 단서와 연결되는 이를 찾은 듯 누군가를 부른다.

"김 실장! 혹시 낭만이 오늘 어디 있는지 확인해 봐."

"사장님, 아시겠어요? 누군지?"

"네. 확실하지는 않지만, 평소에도 저희 애들 대부분은 화려하거나 튀는 옷을 즐겨 입는데 소박하게 무채색 계통 옷만 입는 직원이 있어요. 가끔 그 아가씨 참하다고 찾는 분들이 계셔서 제가 기억하고 있습니다. 저기 안에 계신 분이 생각하는 여자가 아닐 수도 있는데 그래도 제가 핸드릴 수 있는 범위는 여기까지입니다."

20여 분이 흐르자 한 여인이 유리문을 열고 가게 안으로 걸어 들어온다. 문 위에 붙어 있던 풍경이 소리를 내면서 기다리던 주인공의 출현을 알리자 사장이 다급하게 그녀 쪽으로 뛰어가서 상황을 설명한다.

"낭만아, 쉬는데 갑자기 불러서 미안하다. 평소 같으면 안 불렀을 텐데 여기 부대에서 워낙 높은 분이 모시고 온 손님이라서 어쩔 수 없었어. 그리고 혹시나 초이스 안 되더라도 내가 기본 팁 정도는 챙겨 줄 테니까 걱정하지 말고."

"괜찮아요. 어차피 할 일도 없었어요. 그리고 뭐 싫다고 해도 어차피 나온 거 일하면 돼요. 너무 신경 쓰지 마세요."

보통 사람의 상식으로, 사장과 직원이 서로 배려하는 모습을 상상하기에는 다소 부적합한 공간에서 서로를 보살펴 주려고 마음을 쓰는 장면이 더 지속되는 것을 참지 못하는 이가 있다.

"사장님, 사과는 나중에 하시고 빨리 들어오라고 하세요. 다들 분위기 싸해서 미치겠어요. 이거야 원. 내가 중령까지 달고 뭐 하는 짓인지. 벌서는 것도 아니고 참……."

카운터 앞에서 초조하게 기다리던 작전참모의 독촉에 사장이 손짓하며 접대부를 룸 안으로 먼저 들여보내고 그 뒤를 사장과 작전참모가 뒤따라 들어간다. 흰색의 짧은 원피스를 입은 청순하면서도 귀여운 외모를 가진 여자가 룸 안으로 들어서자마자 모두의 시선이 쏠린다. 박치환 대위의 눈빛이 흔들린다.
"어서 저기 미남 옆에 앉으세요. 부사단장님, 작전참모님, 빨리 고르셔야죠."
"어, 나는 예슬이 들어오라고 해주세요."
"사장님 저는 아까 두 번째로 들어온 팀에서 청치마 아가씨 불러 주세요."
좁은 도로를 막고 있던 고장 난 차량이 다른 곳으로 옮겨져 정체가 풀리듯이 일사천리로 파트너 선택이 이루어지고 행정 부사단장이 기대했던 술자리가 시작된다.
"자, 모두 잔을 채워 주시고 오늘 이 좋은 자리를 만드느라 고생하신 사장님이 건배 제의를 하겠습니다."
"네. 30분 가까이 소중한 시간을 낭비하게 해서 죄송합니다. 제가 술 마실 때마다 항상 하는 말이 있습니다. 모두가 평등하고 행복한 세상을 위하여!"
다소 엉뚱한 건배사에도 모두 기분 좋은 듯 즐겁게 잔을 부딪친다. 모두가 잔을 시원하게 비워내자 김 중사가 마이크를 잡아 들고 룸 중앙으로 나선다.
"자, 이제 제가 분위기 한번 띄워 보겠습니다."
경쾌한 음악이 흘러나오고 노랫가락에 맞춰 김 중사가 우스꽝스러운 춤을 추자 금방 분위기가 밝아지면서 무르익는다.

"오빠, 저는 낭만이에요."

낭만(浪漫). 물결 랑, 퍼질 만. 무심히 던져진 돌이 고요한 호수를 깨우는 장면이 찬찬히 떠오른다. 잔잔한 수면이 동심원을 그리면서 끝없이 퍼져나가는 모양. 지금 이 순간 그녀의 가짜 이름마저도 박 대위 마음에 파동을 일으킨다. 어제 오후에 멀리서 지켜본 그녀와 같은 색깔에 같은 종류의 옷을 입었지만, 밑단은 반 이상이 잘려나가 있다. 그 밑단의 의도된 부재는 성인 남자 마음속 저변에 깔린 가장 기본적인 욕구를 끓어 오르게 한다. 박 대위가 아무 말 없이 그녀의 얼굴을 끌어다 자신의 입을 맞춘다. 그리고 자신의 입안 쪽의 부드러운 근육을 그녀의 입속에다 집어넣는다. 그녀 역시 아무런 저항 없이 그의 침범을 순순히 받아들인다. 방 안에 있던 모든 사람이 다른 데로 눈을 돌린다.

"저를 어떻게 아셨어요? 저는 아무리 생각해도 오빠를 만난 적이 없는데. 오늘 처음 만난 거 맞죠?"

"사실 어제 터미널에서 낭만 씨를 봤어요. 우연히 여기서 일한다는 거 알고 한번 만나보고 싶다고 했었는데 주변분들이 생각해 주신다고 저를 이리로 데리고 와 주셨네요."

"우와. 정말요? 어제 차 타고 오느라 피곤해서 화장도 안 하고 완전 엉망이었는데……. 진짜 행동 조심해야겠다. 그래도 솔직히 조금 감동인데요. 저도 오빠가 갑자기 좋아지려고 하네요."

그녀가 박 대위 어깨에 머리를 기댄다. 박 대위도 자신의 어깨를 열어 그녀를 자신의 품속으로 끌어안는다.

한 시간여의 시간이 흐르고 우여곡절이 많았던 술자리를 파한다. 플라밍고 입구 앞에는 차량 여러 대가 줄지어 대기하고 있다. 술에 만취한 행정 부사단장이 본인이 타고 갈 검은색 세단 차량에 기대어 박치환 대위에게 작별을 고하기 전에 다시 한번 선처를 부탁한다.

"반장, 오늘 즐거웠소. 내일 잘 부탁합니다."

"네. 저도 덕분에 아주 즐거웠습니다. 챙겨주셔서 감사합니다. 내일 제가 직접 찾아뵙고 어떻게 처리할지 말씀드리겠습니다."

"고맙소. 정말 고맙소. 사장님, 우리 부대의 아주 귀한 손님이니까 마지막까지 잘 부탁합니다."

오늘 하루 자신의 역할에 역량 이상으로 최선을 다한 행정 부사단장의 군용차를 시작으로 작전참모도 그 뒤를 이어 바로 자리를 뜬다. 마지막까지 남아 있던 김충경 중사도 인사를 고한다.

"반장님 저도 들어가 보겠습니다. 어제부터 과음했더니 피곤해 죽겠습니다. 사장님, 저희 반장님 잘 부탁드립니다."

모든 차량이 떠나고 승합차 한 대가 남겨져 있다. 사장은 박 대위를 승합차로 안내한다.

"먼저 차 타고 호텔에 가 계시면 저희 애가 곧 따라갈 겁니다."

"오늘 여러모로 폐를 끼쳤네요. 감사합니다."

박치환 대위를 태운 승합차가 마지막으로 플라밍고를 벗어난다. 5분도 가지 않아서 차가 허름한 호텔 로비 앞에 멈춰 선다. 호텔 앞에 대기하던 직원이 익숙한 듯 호텔 방으로 안내한다. 간단하게 샤워를 끝내고 큰 수건으로 하의만 가린 채 조용히 창밖을 내다본다. 저 멀리서 여전히 밤하늘에 자신의 화려함을 뽐내듯 플라밍고 네온사인이 반짝거린다.

초인종 소리와 함께 박 대위가 문을 연다. 하얀색 티셔츠와 청바지를 입은 아주 평범한 차림으로 그녀가 서 있다. 조금 전보다 더 마음이 동한 30대 남자는 20대 여자를 방안 벽으로 밀어붙이고 거칠게 키스한다. 그의 입술은 점차 그녀의 목덜미 아래를 훔치기 시작하고 그의 손은 그녀의 상의 안쪽으로 들어간다.

"저기 오빠 저 아직 씻지도 않았어요. 일단 샤워부터 좀 할게요."

박 대위는 그녀의 요청을 가볍게 무시하고 티셔츠를 벗겨낸다. 그리고 그녀의 가슴을 옥죄고 있던 속옷을 풀어헤치며 침대에 눕힌 뒤 본격적으로 몸을 탐닉하기 시작한다. 뭉툭하게 가운데가 솟아 올라와 단단해진 언덕 끝 봉우리를 정성스레 박 대위의 혀로 닦아내자 작은 신음을 토해낸다. 산꼭대기에서 골짜기로 흐르는 물처럼 그의 혀는 서서히 아래로 내려간다. 갈색 벨트를 풀어내며 그녀의 하의를 벗겨내자 하얀색 속옷이 드러난다. 앞니로 속옷 한쪽 끝을 물고 발목 아래로 그녀의 속옷을 옮겨 놓는다. 거침없는 입술이 다리 사이 골짜기 입구를 정성스레 훑는다. 모든 빗장을 푼 그녀는 한 사내를 온전하게 받아들인다.

인연

기무사 중앙 보안 검열, 3일차.

"형님, 마음고생 심하셨죠? 잘 해결됐습니다. 사단 자체 징계위원회만 열릴 겁니다. 자세한 건 알 수 없지만, 징계위원회에서도 근신 이하 경징계 수준으로 나올 겁니다."

"정말이야? 나 기무부대 조사 안 받아도 돼? 아니 어떻게……."

기밀실 내실에서 김충경 중사가 김현 준위에게 낭보를 전한다. 김 준위는 기대하지 않았던 기쁜 소식에 지금 이 순간 이 세상에서 가장 행복한 사람이 된다. 그의 눈 밑에 작은 물방울들이 맺히면서 흘러내리기 시작한다. 김 중사가 당황해하며 휴지를 건넨다.

"우리 형님 진짜 힘드셨나 보네. 우시는 모습 처음 보네요."

"고맙다. 정말 고마워. 솔직히 김 중사가 있어서 실낱같은 희망은 있었는데 워낙 문제가 커져서……."

"제가 한 건 별로 없어요. 부사단장님이 다 하셨어요. 부사단장님이 그렇게까지 안 하셨으면 진짜 큰일 날 뻔했습니다."

김 중사는 김 준위가 묻지도 않은 부사단장의 공로에 관해서 설명한다. 같은 시간 행정 부사단장실에도 유사한 광경이 벌어진다.

"이번 건은 검열팀 자체 종결로 하겠습니다. 김 준위만 계도 차원에서 경징계 정도로 마무리하시면 될 것 같습니다."

"박 대위 고맙소. 이렇게까지 도와준 것 절대로 잊지 않겠어요."

"아닙니다. 저도 이번에 부사단장님 보면서 많이 배웠습니다."

행정 부사단장실을 빠져나오는 박 대위의 발걸음이 아주 가볍다. 그를 들뜨게 한 여러 이유 중 하나가 생각이 나자 핸드폰을 꺼내든다.

"여보세요? 잘 들어갔어요? 뭐 하고 있어요?"

"네. 저는 아직 쉬고 있어요. 오늘은 밖에 안 나가요."

"그래요? 아쉽네요. 데이트 신청하려고 했는데……."

"아니요. 그게 아니고 출근을 안 한다는 뜻이에요. 오늘 저 시간 진짜 많아요."

그녀의 솔직한 반응이 귀엽기만 하다.

"그러면 오후 한 시에 터미널 맞은편 분식점에서 만날까요? 아, 아니 교외로 좀 나갈까요?"

박 대위는 가까운 곳에서 식사하자고 하려다 그녀와 분식점 사장 모두를 위한 선택으로 선회한다. 오후 두 시가 넘은 시각, 전형적인 연인의 모습을 한 남녀가 아담한 레스토랑에서 식사를 하고 있다. 테이블 위에 펼쳐진 스파게티와 피자 그리고 샐러드가 그 커플의 입과 마음을 즐겁게 한다.

"그런데, 지금 업무 시간 아니에요? 이렇게 마음대로 멀리 나와도 돼요?"

"뭐 사실 안 되는데 외근 중이라고 하면 돼요. 지금 저한테 뭐라고 할 사람은 없어요."

"우와, 진짜 높으신가 봐요. 제가 알기로 어제 그 할아버지도 엄청 높은 사람이라고 하던데 오빠한테 꼼짝 못 하고 그랬잖아요."

"누가 들으면 큰일 나요. 그분이랑 저랑 계급 차이가 얼만데 어디 가서 그런 말 하면 저 큰일 나요."

"거짓말하지 마세요. 제가 직접 눈으로 본 게 있는데. 그런데 조금 전에 보니깐 〈연애의 목적〉 상영하고 있던데 보러 가면 안 돼요?"

"어, 이미 나 봤는데. 별로 재미없어요."

"아, 재미없구나. 언니들이 재미있다고 꼭 보라고 했는데……."

입에 바람을 힘껏 불어넣고 아쉬워하는 그녀를 보자니 웃음을 참지 못한다. 주머니를 뒤져 영화표 두 장을 꺼내 보인다.

"농담이에요. 아까 백화점 앞에서 영화 포스터 쳐다보고 있길래 감이 와서 낭만 씨 화장실 간 사이에 표 끊었죠. 20분 뒤에 시작하니깐 이제 일어나야 해요."

"우와! 너무 좋아요!"

영화관 출입구로 내려오는 에스컬레이터 주변에는 영화를 관람하고 나오는 사람들로 북적인다. 서너 명씩 떼 지어 에스컬레이터를 타고 내려오는 사람들 사이에 그들이 보인다. 둘은 막 교제를 시작한 연인처럼 팔짱을 꼭 낀 상태로 내려온다.

"오빠, 오늘 저녁은 제가 대접해 드리고 싶어요. 덕분에 오랜만에 정말 행복한 시간 보냈어요."

"음, 좋아요. 어디로 갈까요? 특별히 생각나는 곳 없으면 제가 아는 데로 가요."

이틀 전 김 중사와 같이 걷던 길을 20대 여인과 두 손을 꼭 잡고 걸어가는 자신이 낯설면서도 싫지가 않다. 그러나 순간 마음속 깊은 곳에 불안함이 슬며시 자리잡는 것을 느낀다. 박 대위는 애써 그 불쾌한 감정을 억누른다. 남자들과 자욱한 담배 연기만 가득한 식당에 어울리지 않는 청순한 외모의 여자가 자리를 잡자 여러 곳에서부터 시작된 시선이 그녀에게 꽂힌다. 유일한 여성이었던 점원이 신기한 듯 한 마디를 던진다.

"아이고, 이렇게 예쁜 아가씨가 이런 식당에는 왜 와요? 남자친구가 눈치가 없나 보네."

"그죠? 제 남자친구 정말 센스 없고 눈치도 없죠? 근데 우리 자기가 여기가 너무 맛있다고 해서 왔어요. 오늘 잘 해주실 거죠?"

"아이고, 젊은 아가씨가 어쩜 이렇게 말도 이쁘게 잘할까! 내가 오늘 서비스 많이 드릴 테니깐 앞으로 자주 와요!"

주거니 받거니 한참 술잔이 오고 간다. 직업 특성상 평소 업무 외 자리에서는 술을 즐기지 않던 20대 젊은 여인은 오늘만큼은 상대방이 권하는 술잔을 거절하지 않고 계속 받는다. 술이 알딸딸하게 취한 낭만이 초점 없이 한곳을 바라보다 깊은 숨을 내쉰다.

"저기, 저한테 궁금한 거 없으세요? 뭐든 물어보셔도 돼요."

"저는 낭만 씨한테 궁금한 거 없어요. 하고 싶은 말 있으면 하세요."

실망의 기색인지 아니면 안도의 눈빛인지 알 수 없는 표정으로 하고 싶은 말을 한다.

"본명은 김민희예요. 김민희. 여기서 일한 지 2년 정도 됐는데 사장님이랑 언니들 말고 누구한테 제 본명 알려준 건 처음이에요."

"네."

박 대위는 민희의 말에 토를 달지 않는다. 그녀는 자신의 인생 이야기를 계속 읽어 내려간다. 경상도 시골에서 2남 1녀 중 장녀로 태어난 민희는 다섯 살 때 아버지가 술에 취해 어머니를 구타하는 장면을 잊을 수가 없었다. 중학교 2학년이 되던 때 자식들을 생각하며 버티던 어머니는 결국 가출을 했다. 덩그러니 자식들만 남자 어머니에게 집중되던 폭행과 욕설이 그대로 민희와 동생들에게 이어졌다. 저항도 해보고 애원도 해보았지만, TV 드라마 소재로 자주 등장하는 전형적인 자격 없는 아버지의 모습은 변함없이 계속 이어졌다. 결국, 고등학생이 되던 해, 동생들을 데리고 집을 나왔고 세상은 가장 가까운 사람으로부터 상처받은 그 어린 학생의 미래와 꿈을 더욱더 잔인하게 난도질하며 세상 가장 낮은 곳으로 그녀를 밀어넣었다.

"그래도 지금 막냇동생은 공부를 곧잘 해서 내년에 서울에 있는 대학에 갈 수 있다고 하네요. 우리 막내 대학 합격하면 저 데리고 가서 학교 구경시켜주기로 했어요. 그리고 대학교 친구들한테 자랑할 거래요. 이 세상에서 가장 멋지고 좋은 누나라고."

그녀의 인생 여정에 관한 이야기는 석대오의 그것과 많이 닮았다. 그러나 한편으로 석대오가 겪고 이겨냈던 처절한 삶에 대한 또 다른 고민, 그것은 왠지 그녀에게서는 느껴지지 않는다.

양옆 가로등 외에 불빛이 전혀 보이지 않는 길이 계속된다. 창밖을 내다보던 박치환 대위가 먼저 침묵을 깬다.

"내일도 연락해도 되죠?"

"네."

집으로 돌아가는 길, 오늘 한없이 밝기만 하던 그녀가 내일을 기약하는 박 대위의 요청에 담담한 태도를 보이는 것이 어색하다. 왜일까? 그녀는 박치환과의 만남을 두려워하는 것일까? 아니면 미안해하는 것일까? 그 답은 둘의 여리박빙(如履薄氷) 관계가 유지가 된다면 언젠가는 구해질 것이다.

불쾌한 반전

77사단사령부 사단장 1호 공관.

그날 저녁, 사단장과의 뜀걸음을 마지막으로 하루 일과를 마친 뒤 사단장 관사로 복귀한 전속부관 박치환 중위가 1층 부엌으로 들어서자 공관병이 기다렸다는 듯이 불만을 토해낸다.

"부관님, 아, 미치겠습니다. 정말로 저 어떻게 해야 할지 모르겠습니다."

"뭐? 또 이번에 뭐? 야! 너는 상병씩이나 돼서 허구한 날 못 살겠다고 아우성치냐?'

"그게 아니고 말입니다. 이번에는 진짜 심각합니다."

말과 동시에 공관병이 손가락으로 바닥에 있는 작은 물체를 가리킨다. 처음에 옷 뭉치가 널려 있는 것으로 보였으나 자세히 보니 작은 동물이 도화지만 한 종이 위에서 웅크리고 있다.

"뭐야, 이거. 강아지가 왜 여기 있어?"

"다시 한번 보십시오. 개 아닙니다."

"어? 이거 쥐잖아. 무슨 쥐가 이렇게 커? 역시 강원도 청정지역에서 자란 쥐라서 크다. 근데 왜 여기 쥐가 있어? 사모님이 쥐고기 요리라도 하라고 하셔?"

대한민국 최고 대학의 성악과를 졸업하신 사단장님의 사모님께서는 고운 목소리로 종종 무리한 요구를 하실 때가 있다. 바퀴벌레 한 마리 제대로 잡지 못하는 서울 토박이 공관병에게 뒤뜰에서 키우던 오리를 요리할 수 있도록 잡으라고 해서 공관병이 온몸에 오리 피를 뒤집어쓰고 나타나 모두를 놀라게 했던 사건이 대표적이다.

공관병은 오늘 오후에 있었던 사모님의 정도에 벗어난 지시에 대해 박 중위에게 상황극을 하며 설명한다. 점심을 먹고 청소를 하던 공관병을 사모님이 아름다운 목소리로 부른다.

"지석아! 부엌으로 오렴."

공관병이 부엌으로 들어오자 사모님은 부엌 구석에 놓아둔 끈끈이에 붙어서 고통스러워하는 쥐를 가리킨다.

"지석아, 저것 좀 처리하렴."

공관병은 작은 강아지만 한 쥐를 보고 놀라기는 했지만, 티 내지 않고 자신의 임무 완수를 다짐한다.

"네. 사모님. 저 멀리 갖다 버리겠습니다."

그러자 사모님은 고개를 좌우로 저으며 아름다운 목소리로 대답한다.

"아니, 그냥 버리면 다시 들어올 수 있으니 죽여라!"

"네. 사모님. 그러면 저기 멀리 묻어 버리겠습니다."

"아니. 묻어도 다시 살아서 들어 올 수 있으니 태워서 죽여라!"

두 인물의 성격을 정확하게 알고 있는 박 중위는 한 편의 코미디를 감상한 듯 파안대소(破顔大笑)한다.

"아, 부관님. 저 진짜 심각합니다. 무슨 쥐를 태워서 죽이라고 합니까?

진짜 너무 합니다. 그냥 내다 버리고 태웠다고 할까요?"

"야. 너 그러다가 영창 간다. 사모님이 어디서 태웠냐고, 태운 흔적 어디 있냐고 하면 뭐라고 할 건데? 있어봐라. 이 형이 도와줄게. 저녁 먹고 뒤뜰에 라이터 기름이랑 삽 들고 와라. 어쩔 수 없잖아. 사단장님이 투스타면 사모님은 원스타잖아."

땅거미가 진 어둑한 초저녁, 박 중위와 공관병은 공관 뒤뜰 정원에서 구덩이를 파고 있다. 어느 정도 깊이의 구덩이가 만들어지자 끈끈이에 붙어 있는 쥐를 통째로 구덩이에 집어넣는다. 운이 없어 터를 잘못 찾아든 설치류는 지쳤는지 아무런 움직임도 없다.

"자, 라이터 기름 뿌리고. 그리고 성냥."

박 중위는 불붙은 성냥개비를 구덩이 속으로 떨어뜨린다. 순간 '확'하고 불이 붙는다. 생각보다 큰불에 놀란 두 명의 남자는 구덩이 밖으로 물러선다. 그런데 갑자기 조용하던 쥐가 불이 붙자 개 짖는 소리를 내며 격렬하게 요동친다. 이게 웬일인가? 끈끈이에 붙어있어야 할 쥐가 구덩이 밖으로 튀어 오른다. 쥐는 불이 붙은 채 뒷마당을 시계방향으로 미친 듯이 돌기 시작한다. 두 명의 건장한 남자는 작은 동물의 포효에 두려움을 느끼고 서로를 부둥켜안는다. 뒷마당을 몇 바퀴째 원을 그리던 쥐는 갑자기 정원 뒤쪽 산을 가로질러 오르기 시작한다. 저 멀리 산 중턱을 오르는 모습이 꼭 어두운 밤하늘의 혜성처럼 보인다.

뜻하지 않은 소란에 2층 안방 창문을 연 사단장님의 부인이 그 곱고 아름다운 목소리로 한마디 한다.

"저러다 산불 난다. 쥐 잡아!"

기다림

기무사 중앙 보안 검열, 4일차.

검열 종료를 하루 앞두고 임시로 마련한 기무사 중앙 보안 검열팀의 사무 공간인 기밀실은 밤늦은 시간까지 분주하다. 전산, 시설, 통신, 문서 보안 등 분야별로 보안 검열 결과를 정리하느라 모두 여념이 없다. 그 다망함 속에서도 박치환 대위는 혼자 회상에 잠겨 있다.

"저한테 잘해주시는 이유가 뭐예요? 솔직히 잘 모르겠어요. 아무리 생각해도 제가 평범한 사람도 아닌데."

박 대위는 의식적으로 무시하고 회피하던 그 두렵고 불쾌한 감정을 밖으로 끄집어내는 민희의 갑작스러운 물음에 아무런 대답을 하지 못한다. 한동안 아무 말 없이 진지한 표정으로 박 대위에게 답을 구하던 그녀가 얼굴빛을 밝게 바꾼다.

"제가 괜한 이야기를 꺼냈네요. 저도 제 주제를 알아요. 반장님은 앞길이 탄탄대로인 전도유망한 군인인데, 제가 감히 넘볼 수 없다는 거 너무 잘 아는데 저한테 정말 진심으로 대해주신다는 느낌이 들어서 혹시나 해서 그냥 물어본 거예요. 반장님 눈빛 보니깐 무슨 뜻인지 알겠어요."

바뀌어 버린 호칭에서 그녀 내면의 심정이 고스란히 드러난다. 박 대위의 의미를 담은 침묵이 민희에게 더 큰 상처와 확신을 준다는 사실을 알지만, 그는 지금 아무런 대꾸도 할 수가 없다.

"내일 다시 서울로 가신다면서요? 그러면 가실 준비 해야죠. 빨리 들어가 보세요. 그동안 너무 감사했습니다. 짧았지만 여자로서 정말 행복한 시간 만들어 주셨어요. 감사합니다."

"저기, 반장님 어디 아프세요? 안색이 너무 안 좋으신데요?"

기밀실 한쪽 구석에 눈을 질끈 감고 앉아서 혼자 끙끙 앓고 있는 박 대위가 걱정이 되는지 김 중사가 말을 건다.

"어, 아니에요. 다들 바쁜데 저 혼자 넋을 놓고 있었네요. 대충 결과 나왔죠?"

"네. 뭐 당연한 거지만 '우수' 등급은 어렵고 '보통'으로 종합 결과 내면 될 것 같습니다. 뭐 수석 실무관은 보통 등급도 안 된다고 펄쩍 뛰는데 나머지 팀원들은 모두 저랑 같은 의견입니다. 반장님만 오케이 하시면 그대로 진행하겠습니다."

"네. 그 의견으로 마무리합시다. 벌써 밤 열한 시가 넘었네요. 내일 오전에 최종 브리핑해야 하니깐 다들 인제 그만하시고 들어가 보세요. 참, 담당관님은 저랑 얘기 좀 하시죠."

자정이 다 되어 가는 시간 산골 읍내의 조그마한 편의점 하나가 외롭게 불을 밝힌 채 잠 못 이루고 있다. 동갑내기 친구로 보이는 두 남자가 한적한 시골의 어느 가게 앞 플라스틱 사각 테이블에 마주 앉아서 이야기를 주고받고 있다. 겉으로 보이는 것과 달리 그 둘의 호칭과 말투에서 가까이 오래 사귄 사이라고 하기에는 한계가 있다는 것을 알 수 있다.

"내일 77사단 중앙 보안 검열 종료하면 저는 기무사령부로 복귀합니다. 그리고 정식으로 추천서 넣으면 일주일 내에 담당관님 소속 지역의 기무부대로 인사명령이 떨어질 겁니다. 조금 촉박하기는 한데 처장님께서 대공수사단 인원 충원을 되도록 빨리하기를 바라시네요. 담당관님도 내일 검열 끝나면 바로 전출 준비하셔야 할 거예요."

"네. 정말 감사합니다. 인제야 드리는 말씀이지만 한 달 반 전쯤 처음 만났을 때만 해도 차가운 분인 것 같아서 어려웠는데, 저한테 둘도 없는 귀인이셨네요. 대공수사단에 합류하면 반장님께 누가 되지 않도록 최선을 다하고 반장님만 바라보겠습니다."

김충경 중사의 각오와 맹세에 별다른 감흥 없이 박치환 대위는 본인의 얘깃거리로 화제를 돌린다. 최근 3일 동안 민희와의 시간, 그리고 오늘 저녁에 자신이 비겁하게 느껴졌던 순간들에 대해서 모두 털어놓는다. 김충경 중사는 생각지 못했던 박 대위의 고해성사에 한동안 아무런 말도 꺼내지 못하다가 조심스럽게 입을 연다.

"제가 어떻게 도와 드리면 되겠습니까?"

"담당관님이 여기 77사단에 친한 분 많다고 하셨잖아요? 사령부로 오시기 전에 주변 분들한테 부탁해서 민희가 잘 지내는지, 혹시 문제가 있으면 저에게 연락을 좀 줄 수 있는지 가능한가요?"

"네, 그럼요. 그 정도는 일도 아닙니다."

김충경 중사는 묻고 싶은 것이 있었지만 참고 박 대위가 원하는 내용에만 답한다.

"저 그리고 민희에게 남동생이 둘 있다고 들었는데, 막내는 그런대로 잘살고 있는 것 같아요. 그런데 바로 밑에 동생에 대해서는 말을 안 하는 것을 보니 조금 문제가 있는 것 같아요. 민희 남동생에 대해서 알고 싶은데 방법이 없을까요?"

"아, 그거는 조금 제한될 것 같습니다. 주변 사람들을 조사하면 어느 정도 윤곽은 잡아내겠지만 군인이 아니라 민간인에 대해 뒷조사를 하는 거라서요. 민간인 사찰이 될 수가 있어서 조심스럽습니다. 지역 경찰서 정보계에서 정보 수집 활동하는 거면 모를까."

박 대위의 머릿속에 순간 한동안 잊고 있었던 소중한 이름 하나가 떠오른다.

"아, 그거는 제가 방법을 찾을 수 있을 것 같아요."

김 중사는 자신에게 개인적인 고민을 털어놓는 박치환 대위가 고맙다. 그리고 최대한 그에게 도움이 되어야겠다고 결심한다.

기무사 중앙 보안 검열, 5일차.

기밀실 내부, 보안 검열 첫날과 같은 장소에 같은 사람들이 모였으나 전혀 다른 배경이 연출된다. 브리핑에 참석하는 대부분의 중견급 장교들은 처음 그날과 다르게 편안한 표정으로 가벼운 농담을 주고받을 만큼 여유롭다. 행정 부사단장 역시 밝게 웃으며 기밀실에 등장한다.

스크린이 내려오고 최종 브리핑이 시작된다. 보안 검열 결과에 대한 분석과 요약, 개선 방향을 중점으로 휴식 없이 두 시간 가까이 진행이 되었다. 최종 결과를 '보통' 등급으로 발표하고 이번 김 준위를 포함하여 보안 검열 시 지적된 두 명의 간부들은 사단 자체 징계위원회 회부를 권고하는 것으로 5일간의 검열은 종료된다. 행정 부사단장이 기밀실을 떠나기 전 박 대위에게 악수를 권하며 마지막으로 한 번 더 고마움을 전한다.

"기무반장! 한 주 동안 고생했소. 그리고 고맙소. 나는 내가 한 말은 반드시 지키는 사람입니다. 혹시나 앞으로 내가 도울 일 있으면 연락 주세요. 고생했습니다."

인사를 하고 돌아서려는 행정 부사단장의 발걸음을 박 대위가 멈춰 세운다.
"저기, 부사단장님. 조용히 여쭈어볼 것이 있습니다."
행정 부사단장이 주변에 있던 작전참모를 물러나게 하자 박 대위가 낮은 톤으로 묻는다.
"부사단장님, 플라밍고 사장과 잘 알고 지내십니까?"
"네. 그렇소. 뭐든 괜찮으니까 말해보세요."
"그때 플라밍고에서 제 파트너였던 여자 직원 지금 어디 있는지 알 수 있겠습니까?"
박 대위는 77사단을 떠나기 전에 민희에게 최소한 작별인사라도 하고 싶었지만, 그녀의 핸드폰은 그녀가 자신의 시야에서 사라진 어제 이른 저녁부터 지금까지 전원이 꺼져 있다.
전혀 예상하지 못한 박 대위의 질문에 의문이 들었지만, 행정 부사단장은 아무것도 묻지 않고 곧장 핸드폰을 열어 사장과 통화를 시도한다. 말 그대로 용건만 간단한 통화가 종료되고 박 대위는 행정 부사단장으로부터 원하는 답을 얻는다.
77사단 사령부 읍내에서 차량으로 10여 분 거리에 있는 저층 아파트 2층 현관문 앞에 선 박치환 대위는 벨을 누르려다가 잠시 망설인다. 왜 자신이 여기까지 와있는지, 그리고 그녀를 만남으로써 서로에게 남는 것은 무엇인지 한참을 고뇌하던 그는 결국 아무것도 하지 못한 채 돌아선다.
민희의 예명인 낭만은 감정적이고 이상적으로 사물을 파악하는 심리 상태를 의미한다. 이렇게 현실과 이성이 부재한 단어는 아주 로맨틱하다. 그러나 그 두 글자는 치열한 경쟁과 다툼의 시대에서 결코 주류가 될 수 없다. 승리를 거머쥔, 싸움에서 이긴, 사회적 위치를 차지한 자들이 누렸을 때만이 온전히 그 의미를 보조적으로 인정받을 수 있는 특권이나 사치가 되어 버렸다. 미래를 위해서 수많은 선의의 경쟁을 뚫어야 하는, 앞날이 구 만 리 같은 젊은 청년이 취하고 안고 가기에는 너무 큰 희생이 요구된다.

박 대위를 태운 검은색 승용차는 아파트를 빠져나와 레일을 찾는 기차마냥 끝이 보이지 않게 얇게 펼쳐진 검은 기름 덩어리 위에 육중한 몸을 싣는다. 동시에 박 대위는 조용히 기대어 눈을 감는다. 그리고 민희가 가장 해맑게 웃으며 즐거워했던 순간을 떠올린다.

"오빠, 영화 진짜 재미있었죠? 저 남자 주인공도 처음에는 쓰레기인 줄 알았는데 멋있네요. 저도 저 여자 주인공처럼 되고 싶어요. 시작이야 어떻든 사람들의 편견과 선입견을 이겨내고 마지막에는 남자 주인공과 여자 주인공이 서로 진정한 사랑이라는 것을 깨닫고 결국엔 하나가 되는 그런 사랑, 너무 로맨틱하지 않아요?"

3일 전과 마찬가지로 박치환 대위는 그때도 역시 굳게 입을 다물고 있었다는 사실을 뒤늦게 깨닫는다.

또 다른 가족

"아니 대오 씨, 왜? 도대체 왜 그러세요? 제가 말했잖아요. 굳이 처음 만나는 자리에서 상대방한테 부담부터 줄 필요 없잖아요. 나중에 서로가 마음이 어느 정도 생기고 나서 말해도 안 늦어요."

"좋은 것도 아니고 미리 말하는 게 좋을 것 같아요."

여러 번 같은 이유로 짜증을 내던 중년의 여인은 그의 반복적이고 의도적인 반항이 그리 밉지만은 않다. 그러나 마음 한편으로 안타까운 생각이 들어 계속해서 타이르지만, 그는 요지부동이다. 부모님 두 분 모두 안 계시지만 혼자 계신 외삼촌을 한 집에 모시고 살아야 하는 결코 평범하지 않은 조건을 처음 선을 보는 자리에서 흔쾌히 받아들이는 이는 몇이나 될까? 하지만 석대오는 절대로 그 전제 조건을 포기할 수 없다.

6년 전, 전역을 하고 경찰관이 되고 싶었던 대오는 아르바이트를 하면서 경찰관 시험을 준비하고 있었지만 모든 것이 그에게는 어렵고 버겁기만 했다. 일반 대학에서 4년 동안 경찰행정학이나 법학을 전공한 학생들도 집중적으로 최소 1년 이상 준비해야 하는 경찰공무원 시험은 기초 지식조차 없던 그에게 마치 넘을 수 없는 높은 벽과 같은 것이었다. 더욱이 공부할 수 있는 여건이 전혀 마련되지 않은 상태에서 경제적 지원을 바랄만한 제대로 된 가족조차 없는 처지의 그는 결국 두 손을 들고 만다. 꿈을 내려놓고 생업 전선에 뛰어들기로 마음먹고 단칸방에 들어온 날 외삼촌은 차갑고 혹독한 현실에 좌절한 그의 조카에게 색이 바래 세월의 흔적을 그대로 담고 있는 통장 하나를 내민다.

"대오야, 공부하면서 일하느라 힘들지? 내가 듣기로 요즘 순경 시험도 몹시 어려워서 그것만 1년 넘게 붙잡고 해도 합격하기 어렵다더라. 얼마 안 되지만 이거라도 보태 써라."

"외삼촌, 이런 거 필요 없어요. 저는 삼촌이 지금처럼 제 옆에 계셔주기만 하면 돼요. 뭐로 먹고살든 우리 외삼촌 제가 호강시켜 드릴 테니깐 이거는 넣어두세요."

"아니다. 꼭 받아라. 나는 네가 시험 합격해서 진짜 경찰관이 되는 모습 보고 싶다. 그리고 내가 이런 거라도 해야 나중에 저승 가서 너희 엄마 만나면 할 말이 있을 것 아니야. 꼭 받아다오."

하루하루를 넝마주이로 살아가는 그의 유일한 핏줄이 내민 통장을 보자 석대오는 가슴이 먹먹해진다. 통장을 들고 거리로 나온 석대오는 통장을 넘겨보고는 그 자리에 주저앉는다. 매주 수요일마다 만 원에서 2만 원 사이의 돈이 입금돼 5백만 원이 되어 있는 통장 내역을 보자니 끊임없이 흐르는 눈물을 주체할 수가 없다. 외숙이 얼마나 오랫동안 힘들게 그 돈을 모았을지를 생각하니 한없이 가슴이 저리다. 석대오는 어금니를 꽉 깨문다. 그리고 결심한다. 무슨 일이 있어도 경찰 제복을 내 것으로 만들겠다고······.

한바탕 눈물을 쏟은 다음날 석대오는 순경 시험이 아닌 경찰 간부 시험 합격으로 목표를 상향 조정한다. 통장의 5백만 원과 아르바이트로 모은 돈을 합치니 선부 6백만 원이 조금 넘었다. 월 30만 원하는 24시간 독서실을 1년 등록하고 교재비와 인터넷 강의비를 내고 나니 백만 원 남짓 잔액이 남았다. 아무리 쪼개어 써도 단돈 백만 원으로는 1년 이상 버티기 힘들다는 것을 잘 알았다. '1년 안에 합격하지 못하면 죽는다'라는 각오로 처절한 절박함을 동력 삼아 하루 열여덟 시간 이상 책상에 앉아서 죽어라 공부만 했다. 월 10만 원, 일일 3천 원의 예산으로 하루 식사를 해결해야 했다. 독서실 한편에 마련된 주방에서 무료로 제공하는 흰밥에 참치통조림과 라면으로 하루하루 힘겨운 사투를 벌이며 버티고 또 버텼다.

부실한 식단과 무리한 일정으로 두 달도 되지 않아서 몸에서 이상 신호가 오더니 급기야 쓰러져 응급실까지 실려 가기도 했다. 석대오의 응급실행을 알게 된 박치환 중위는 한 달에 한 번은 꼭 그를 찾아와 심적으로, 금전적으로 많은 도움과 지원을 해주었다.

"대오야, 좀 천천히 먹어라. 누가 잡으러 오냐? 그러다가 체한다."

독서실 앞 작은 평수의 고깃집 2인용 테이블에서 삼겹살이 채 익기도 전에 허겁지겁 입으로 가져가는 석대오를 바라보는 박치환 중위의 마음은 착잡하다.

"여기 지날 때마다 고기 익는 냄새가 얼마나 좋던지 하… 정말 먹고 싶었습니다."

"알았어. 내가 오늘 너 고기 먹고 싶은 만큼 먹게 해줄게. 그러니 제발 좀 천천히, 익으면 먹어라. 그러다 진짜 탈난다."

식당에서의 짧은 만남 끝에 박 중위는 흰색 봉투 하나를 내민다.

"형님, 이거 더는 못 받습니다. 벌써 몇 번째입니까? 이렇게 멀리서 오셔서 위로해주신 것만 해도 감사한데 더는 필요 없습니다."

박 중위는 아무 대답 없이 석대오의 한쪽 호주머니에 봉투를 구겨넣고 이내 발길을 돌린다. 계속 사양하던 석대오도 아무 말 없이 뒤 돌아가는 박 중위의 뒷모습을 그저 물끄러미 바라보기만 할 뿐이다.
　지성이면 감천이라고 했던가? 석대오는 경찰 간부 시험을 준비한 지 불과 9개월 만에 그 어려운 관문을 통과한다. 1, 2차 필기시험부터 적성검사에 이어 체력검사까지 마음만 먹으면 못 할 것이 없다는 상투적인 진리를 입증한 장본인이 된 것이다. 그러나 최종 면접 만을 앞둔 그의 표정이 밝지만은 않다. 이틀 후가 면접인데 마땅히 입고 갈 옷이 없다. 옷장에 걸기도 부끄러울 정도로 몇 안 되는 옷가지들은 의복으로써 최소한의 기능만 가능한 수준이다.
　갑자기 핸드폰이 울린다. 굳이 핸드폰을 열어보지 않아도 누구에게 전화 왔는지 알 수 있다.
　"대오야, 면접 준비는 잘하고 있어? 나는 네가 정말 자랑스럽다! 내가 경찰 친구한테 물어봤는데 너보고 정말 인간 승리라고 하더라. 그 어려운 시험을 비전공자가 어떻게 1년 안에 합격하느냐고!"
　박치환 중위의 때에 맞지 않은 칭찬은 무거운 짐을 안고 있는 그의 귓전에 그저 맴돌기만 할 뿐이다. 석대오는 박 중위에게 부탁을 해볼까 하다가 이내 생각을 접는다. 아무리 궁핍해도 더 폐를 끼치는 것은 사람의 도리가 아니라는 생각이 들었다.
　"대오야, 그리고 내가 네 통장으로 백만 원 보냈다. 너 입고 갈 옷도 없지? 이번 기회에 정장 하나 쫙 빼입어라!"
　석대오의 입술이 떨리는 소리를 수화기 너머로 감지한 박 중위는 더 말을 잇지 않고 급히 전화를 끊어 버린다.
　'박치환 형님, 외삼촌을 제외하고 형님은 저의 유일한 가족입니다. 제

가 이 은혜 몸이 닳아 가루가 되더라도 반드시 갚겠습니다.'

그로부터 6년 후 석대오 경감은 진급과 보직 이동을 통해 경기 남부 경찰청 3부장 예하 정보 2계장으로 근무하게 된다.

"매번 이러시면 저도 더는 사람 찾기가 어려워요."

"저는 특별한 조건 필요 없습니다. 그저 평범하고 착하기만 하면 됩니다. 세상에 피붙이라고는 저 하나밖에 없는 분을 마음 편히 모실 수 있게 도와주세요. 부탁입니다."

여전히 자신의 고집을 꺾지 않겠다는 뜻을 주선자에게 다시 한번 전달한 후에 통화 종료 버튼을 누른다. 깊은 한숨이 발끝에서부터 저절로 올라온다. 이번 맞선에서 퇴짜를 맞아서가 아니다. 그저 남들처럼 가정을 꾸리고 필부의 일상을 살고 싶을 뿐인데 사회는 그의 지극히 정당하고도 평범한 삶으로의 진입을 허용하지 않고 계속해서 그를 밀어내고 있었다. 제 힘으로 결핍을 메우며 남들이 부러워 할 만한 직업과 지위에 올랐으나 세상은 그리고 사람들의 인식은 생각만큼 그리 간단하게 극복할 수 없었다. 그의 의지와 노력 밖의 요소로 석대오라는 한 인격체를 정의하고 평가하는 경우가 너무 많았다.

서글픈 기분에 전화기의 통화 버튼을 누르자 상대방은 기다렸다는 듯이 반가운 말투로 전화를 받는다.

"오, 석 경감님, 웬일이십니까? 경찰청 집중단속 중이실 텐데 미천한 저와 통화할 시간이 있으십니까?"

"형님, 일주일 전에 집중단속 끝나고 요즘 선보러 다니고 있습니다. 저한테 너무 관심이 없으신 거 아닙니까?"

"야 인마! 네가 언제 나한테 언제 끝난다고 말해줬냐? 그리고 선을 봤으면 바로바로 결과를 보고해야지. 그건 그렇고, 마침 잘됐다. 서울로 올

수 있어? 나도 너한테 할 말도 있고 오랜만에 회포나 한 번 풀자."

　서울 중심가의 고급스러운 호텔 로비 앞은 일반 서민 아파트값과 맞먹는 외제차들이 쉴 새 없이 드나들고 있다. 이미 여러 번 이곳을 방문하였고 말 그대로 신분 상승한 그의 사회적 위치에 크게 부담되지 않는 장소이지만, 석대오 경감 가슴 한편에 드는 이질감은 항상 같은 크기로 자리 잡고 있다. 호텔 직원들의 기계적인 인사와 진정성 없는 환대를 지나쳐 지하 1층으로 내려가자 곡명은 모르지만 귀에 익숙한 피아노 선율이 중세 유럽의 궁전을 옮겨 놓은 듯한 모습을 한 바(bar)의 중앙에서 잔잔히 퍼져 나오고 있다. 바에 앉아 있던 박 대위가 손을 흔들어 자신의 위치를 알린다. 이미 반 이상 비운 독한 위스키병에 박 대위의 현재 심정이 그대로 채워져 있다. 석 경감 역시 아무것도 묻지 않고 위스키 잔을 들어 같이 나눌 뿐이다. 한참을 침묵한 채 독한 술을 들이키던 박 대위가 먼저 민희에 대한 이야기를 꺼낸다. 그의 시야에서 사라진 지 2주가 넘었지만 박 대위의 일상 속에서 그녀의 침투 범위는 계속해서 세력을 확장하며 박치환 대위를 괴롭힌다.

　"대오야, 내가 잘한 거 맞지? 얼마나 만났다고······. 그리고 내가 어떻게 민희를 책임질 수 있겠어."

　사람이 이토록 상황에 따라 간사하고 이기적일 수가 있는가? 석대오 경감은 자신이 진심으로 아끼고 사랑하는 형제의 삶에 창녀라는 그녀의 어두운 그림자가 드리울까 봐 두렵다. 가장 증오하고 물리침의 대상으로 여겼던 사람들의 선입견과 편견에 그 역시 자유로울 수가 없다.

　"잘하셨습니다. 형님과 그리고 그 민희라는 여자분 모두를 위한 제일 나은 선택을 하신 겁니다."

계획된 변화

평일 낮 한산한 서울 강원도 고속도로 위를 SUV 차 한 대가 스로틀 밸브(throttle valve)를 완전히 열어 최대 주행 속도로 달리고 있다. 비상 깜빡이를 켠 사륜차의 속도계 바늘은 180km를 기점으로 위아래로 조금씩 흔들리고 있다. 최대 속도로 달리고 있는 검은 색 차의 운전대를 잡은 박치환 대위는 계속 그 관성력을 유지하려는 듯 가속 페달에 가해진 힘을 지속하며 위험한 질주를 이어가고 있다. 그의 머릿속은 거센 비바람이 휘몰아치기 전 김충경 중사와의 대화 시점에 맞춰져 있다.

"어, 담당관님, 오랜만이에요. 여기 오실 준비는 잘되고 있죠? 이제 일주일만 지나면 보겠네요. 제가 뭐 도와 드릴 것 있나요? 무엇이든 말 해 보세요."

기대하지 못했던 박치환 대위의 호의적이고 살가운 말투에 전화기 너머 김충경 중사의 얼굴은 더 굳어진다.

"네. 덕분에 준비 잘하고 있습니다. 그런데 사실은 제 일 때문에 전화를 드린 건 아니고 다른 일 때문에 전화했습니다. 그 플라밍고 아가씨, 아니 김민희 씨가 거의 한 달 동안 직장에도 안 나오고 연락이 안 된다고 합니다. 그리고 중요한 사항은 마지막으로 본 사람이 말하기를 민희 씨가 스스로 너무 자괴감이 든다며 이렇게 살아서 뭐 하겠느냐는 말을 했다고 합니다."

김 중사가 전한 비보에 박 대위의 낯빛은 급격하게 차가워진다.

"그래서요. 지금 민희가 어디에 있는지 어떻게 지내는지 아무도 모른다는 건가요? 사장은 한 달 동안 사람이 출근도 안 하고 연락이 안 되는데 아무 조치도 안 했다는 건가요?"

뜨거운 분노가 아닌 얼음장 같은 냉기가 뿜어져 나오는 그의 어조에 극한 노여움이 서려 있다.

"일단 담당관님은 지역 기무부대 동향 보고 조에 협조 요청하셔서 플라밍고와 기존 숙소를 중심으로 반경 10km 이내 최근 한 달 동안 민희의 흔적이 있는지 확인해 주세요. 특히 업소와 기존 숙소가 겹치는 지역에 현장 확인팀 급파해서 실시간으로 훑으라고 하세요. 모든 사항은 대공 수사단 지시 사항이라고 전달하세요. 제가 모두 책임집니다. 그리고 저는 바로 플라밍고로 갈 테니 사장에게 연락해서 가 있으라고 하세요."

보통 세 시간 정도 소요되는 거리를 두 시간 만에 달려와 유흥업소 앞에 멈춰 선다. 초조한 심정으로 텅 빈 가게의 카운터에 앉아있던 플라밍고 사장은 무표정한 얼굴로 가게 안으로 걸어 들어오는 박치환 대위와 마주하자 자리에서 벌떡 일어난다.

"민희가 거의 한 달 동안 가게에 나오지도 않고 연락도 안 되는데 무관심하게 아무 조치도 안 하셨습니까?"

"원래 업소 아가씨들이 프리랜서 식으로 일을 하다 보니 연락 없이 사라지는 일도 많고, 몇 달 동안 나타나지 않다가 갑자기 나오는 때도 있고 해서 비슷한 상황일 것으로 생각했습니다. 민희가 이상한 말했다는 얘기

듣자마자 저도 이리저리 확인했습니다만 아직 제가 딱히 전해 들은 소식은 없습니다."

 박 대위는 순간 그의 멱살을 잡아끌고 싶다는 충동을 이기지 못하고 그의 목덜미를 잡아채서 그를 넘어뜨린다. 무방비 상태에서 공격을 당한 중년의 남자는 힘없이 바닥에 내팽개쳐 진다.

 "뭐 하시는 거에요? 사장님이 무슨 잘못 했나요? 잘못은 박치환 씨가 해놓고 왜 우리 사장님한테 그러시는 건데요? 그러면 치환 씨는 지금까지 뭐 했나요? 민희한테 상처 주고 전화 한 통이라도 해보셨나요?"

 낯이 익은 젊은 여자가 앙칼진 목소리로 박 대위에게 소리를 지르며 몸을 가누지 못하는 사장을 부축하여 일으켜 세운다.

 그녀가 콕 집어 가리킨 사실은 진실이다. 현재 민희에 대한 애태움과 위태함의 원인이 자신에게 있다는 자책을 피하고자 무고한 사람에게 화풀이만 한 비겁한 졸장부가 바로 나 자신인 것이다. 그 순간 박 대위 폭력의 정당성은 바닥으로 무겁게 추락한다.

 "미안합니다."

 누구를 대상으로 한 사과인지, 무엇에 대한 잘못의 표현인지 알 수 없는 한 마디를 던지며 자신의 부끄러운 행동에 대한 용서를 구하고 뒤돌아서는 박 대위를 그녀가 붙잡는다.

 "잠시만요. 드릴 말씀이 있습니다. 사장님, 죄송한데 잠시만 들어가서 쉬고 계세요. 여기는 제가 정리할게요."

 "사실 2주 정도 전에 전화 한 통을 받았어요. 민희한테 직접 받은 건 아니고 민희 남동생한테 전화를 받았어요. 지금 누나가 말도 없이 자신을 찾아왔는데 무슨 일이 있느냐고요. 그렇게 심각한 상황은 아닌 것 같으니 이만 돌아가 주세요. 원래 아무 말씀도 드리지 않으려고 했는데 여기까지 오신 성의를 봐서 제가 알려 드린 거예요."

"동생이 있는 곳이 어디입니까?"

"기무부대 박치환 대위님."

그녀는 그의 정확한 직책과 직위를 호명한다.

"저희 같은 사람에게 가장 상처가 되는 게 뭔지 아세요? 감언이설로 포장된 희망에 좌절하는 거예요. 이 어린 나이에 세상 밑바닥에 있는 저희에게 무책임하게 일시적인 동정심으로 미래를 책임져 줄 것처럼 현혹하는 남자 새끼들의 더러운 허풍 때문에 저희는 더 깊은 곳으로 추락해요. 더는 우리 민희 괴롭히지 마시고 가세요! 제발."

박 대위는 그녀의 애원에도 아랑곳하지 않고 팔목을 잡은 채 자신의 요구 사항을 계속해서 관철한다.

입시 학원과 공무원 학원이 밀집한 서울의 고시촌에 후미진 골목. 너나 할 것 없이 간편한 운동복 차림에 두꺼운 책을 품에 안은 채 저마다의 미래를 위해 분주한 사람들의 북적임 사이로 검은색 차 한 대가 기약 없이 한 사람과의 만남을 기다리고 있다. 박치환 대위는 정해진 시간표에 맞춰 이미 떠나 버린 기차를 혹시나 하는 마음으로 기다리는 순발력 없는 여행객처럼 몇 시간 째 아무것도 하지 못한 채 같은 장소에서 같은 곳을 바라보며 시간을 흘려보내고 있다. 차량 운전대를 잡고 있던 남자는 자신이 그토록 기다리던 한 여인이 나타나자 차에서 뛰쳐나와 그녀 앞을 가로막고 선다. 김민희는 생각지도 못했던 반가운 얼굴과의 재회에서 기쁨 이전에 당혹스러움을 먼저 느끼고 그 자리에 멈춰 선다. 박 대위는 주변의 시선과 김민희의 놀란 얼굴은 전혀 아랑곳하지 않은 채 그녀의 몸이 부서져라 꽉 끌어안는다. 김민희의 아담한 몸이 박 대위의 넓은 어깨에 푹 안긴다. 석고상처럼 몸이 굳어 있던 그녀도 그의 허리를 두 손으로 감싼다.

"미안해요. 정말 미안해요. 내가 비겁했어요."

작은 목소리로 자신을 책망하던 박 대위는 고개를 들어 그녀를 바라본다. 그의 눈빛에서 느껴지는 따스함과 진심이 눈을 통해 심장까지 관통한다.

"우리 정식으로 시작해 봐요. 나 거의 한 달 동안 민희 씨 생각만 했어요. 사실 앞으로가 걱정도 되지만 내가 민희 씨 책임질 게요."

김민희는 박 대위의 어설프고 때늦은 고백에 고개를 떨구며 흐느낀다. 그녀의 어깨를 다시 한번 더 감싸 안는다. 누가 그녀의 생업을 가지고 그녀를 욕할 수 있는가? 어린 소녀가 성매매를 벌이의 수단으로 선택해야만 할 때까지 냉정하게 그녀를 무관심으로 일관하고 버려뒀던 이 사회와 그 구성원들은 그녀에게 돌을 던질 자격이 있는가? 더 나아가 돈을 매개로 자신의 이기심과 욕구를 채워온 성 매수 남성, 그들은 그녀들과 무엇이 다르다고 항변할 수 있는가? 우리는 모두 밑바닥까지 빈틈없이 투철한 아전인수(我田引水)의 시대에 가해자인 동시에 피해자인 것이다.

부족한 설명

경기도 과천에 있는 기무사령부의 정문은 일반 야전 군단급 부대 위병소의 투박한 겉모습과는 그 결을 달리한다. 외부로부터의 출입 통제를 위해 설치된 바리케이드와 그 앞을 지키는 초병을 제외하면 화강암 기둥을 이어놓은 듯한 군부대 필수 시설물의 그 세련미는 일반 대학교의 정문의 경관과 더 가깝다. 그 유사함과는 또 다른 다름, 그 둘의 이질성은 기무사령부의 삐뚤어지고 왜곡된 특권 의식과 열악한 여건 속에서도 조국을 지키는 최전선 야전부대 군인 정신과의 충돌을 연상시킨다.

사령부로 발령받은 첫날 임시출입증을 목에 건 김충경 중사는 짜증도 날 법한 위병소의 신원 확인 절차에도 마냥 행복한 웃음을 지어 보인다. 5년 가까이 기무부대 소속으로 임무 수행을 하였지만, 이곳 사령부를 방문한 횟수는 손에 꼽을 정도이다. 설렘으로 확장된 그의 마음속 여유에는 다 그만한 이유가 있는 것이다.

부대 중앙에 날카롭게 서 있는 건축물을 지나자 본청 건물이 눈앞에 나타난다. 입구로 들어서자 박치환 대위가 밝은 표정으로 그를 반긴다. 그의 환대에 한층 더 고무된 김 중사는 악수를 청하는 박 대위를 냅다 끌어안는다. 요란스러운 둘만의 환영식이 끝나고 박 대위가 5처장실로 그를 안내한다. 몇 번 접해 본 풍경이지만 각 방의 용도를 설명하는 팻말에는 글이 아닌 숫자가 적혀있다. 보안상 각 부서의 임무가 드러나지 않도록 암호화된 표식들이 여전히 낯선 광경이다.

"충성! 신고합니다! 중사 김충경은 사령부 중앙 대공 수사단으로 전입을 명 받았습니다."

군기가 잔뜩 들었지만, 자신의 능력을 한껏 뽐내는 듯한 그의 강한 충성구호가 기무사령부 5처장실 내에 크게 울려 퍼진다. 선량한 인상의 기무사 5처장 역시 김 중사를 따뜻하게 맞아들인다.

"박치환 분과장으로부터 자네에 대해 많은 이야기를 들었네. 이곳에서도 최선을 다하는 모습이 변함없기를 바라네."

5처장과 환담 후에 들어선 여덟 평 남짓한 사무실에는 두 개의 책상과 의자, 사무 설비가 준비되어 있다. 예상보다 초라한 규모에 김 중사가 어리둥절해 하니 박 대위가 자세하게 설명을 해준다.

"대공 수사단은 정확한 규모나 인원수를 처장님 이상의 윗분만 알고 계실 정도로 분과별로 세분되어 있어요. 분과별로 배당되는 사건이나 동향 수집 건을 보고하면 5처장실의 운영과에서 종합해서 관리합니다. 그래서 우리는 우리에게 배당된 것만 처리하면 되니깐 분과장인 저와 수사관인 김 중사님만 있으면 충분합니다."

"저기 아무리 그래도 두 명이 사건도 처리하고 정보 동향도 수집하기에는 어려울 것 같습니다."

"네, 맞아요. 그래서 부대별 기무부대나 지방의 60부대로부터 인원을 지원받아요. 우리 중앙 보안 검열이랑 비슷한 방법으로 진행된다고 생각하면 돼요."

"오늘 처장님께 전입 신고도 했으니 오늘 할 일은 끝난 겁니다. 오늘 사령부 근무 첫날인데 축하주 해야죠. 그리고 이제 우리는 한 가족입니다. 그리고 제가 김 중사님께 개인적으로 소개해주고 싶은 사람이 있었는데 오늘 마침 서울로 오기로 했으니 같이 만나죠. 공적으로든 사적으로든 김 중사님께 도움 될만한 사람이니 한번 만나보세요."

서울 도심 한복판의 고급 호텔은 자신과 자신이 속한 그룹의 이익을 독점하기 위해 권력자와 사업가들이 비밀리에 카르텔을 형성하기 위한 최적의 장소라고 광고라도 하듯이 지나칠 정도의 호화찬란함으로 무장한 채 그 목적과는 모순되게 그 자태를 뽐내고 있다. 호텔 지하에 내려가자 말쑥한 정장 차림의 올림머리를 한 젊은 여성이 친숙하게 박 대위에게 인사를 건네고 두 사람을 바 안쪽의 귀빈실로 안내한다. 이미 자리잡고 기다리던 석대오 경감과 김충경 중사는 간단한 통성명 후 자신들만의 이너 서클(inner circle) 구성을 위한 첫 작업에 돌입한다. 수 번의 위스키잔의 부딪힘 뒤 석대오 경감이 먼저 물꼬를 튼다.

"제가 여기서 막내니 김충경 중사님을 형님으로 모시겠습니다. 치환 형님이 믿고 맡기시는 분이면 저에게는 똑같습니다. 앞으로 잘 부탁드립니다."

"아, 네. 감사합니다. 박 대위님이 제가 뭐라고 이렇게까지 호의를 베풀어주시는지 저는 그저 감사할 따름입니다. 저에게 주신 넘치도록 큰 기회 잊지 않고 평생 가슴에 담아두겠습니다."

박 대위에게 마음의 빚이 있는 두 명의 젊은이들은 박치환 대위를 사이비 종교의 교주를 찬양하듯 그들의 맹세와 포부를 그의 앞에서 계속 읊어댄다. 세 명은 멈추지 않고 자신들이 살아온 세월보다도 더 나이를 먹은 위스키병을 비워낸다.

사람과 사람의 관계를 맺어주는데 술만큼 편리하고 빠른 수단이 있는가? 얼큰하게 취한 남자들은 지금 이 순간 이 세상 그 누구보다 가깝게 지내온 벗이 된다. 그러나 무엇이든지 쉽게 이룬 것은 쉽게 깨지는 법. 박치환 대위를 중심으로 급조된 새로운 그룹, 지난 세월과 농도 깊은 추억이 격자식으로 얽혀져 이미 견고했던 망(網)에 한꺼풀을 덧씌운 새 그물은 자신들의 의도대로 탄성과 안정성이 더해진 촘촘한 안전망이 될 수 있는가?
 "자, 이제 저는 기다리는 사람이 있으니 가봐야 할 것 같습니다. 사전 보고했지만 더 지체했다가는 장렬히 전사할 수도 있습니다."
 "아니, 형님! 군인이 장렬히 전사하는 것이 숙명 아닙니까? 그걸 두려워하면 어떡합니까?"
 박 대위는 자신의 엄살에 재치로 답하는 석 경감을 보고는 너털웃음을 짓는다. 그리고는 자신의 지갑을 찾아 수표 몇 장을 꺼내어 김 중사에게 내민다.
 "이거면 오늘 여기 술값 내고도 꽤 든든할 겁니다. 오늘 두 분이 새로운 인연을 맺으셨으니 좋은 곳 다녀오세요. 저는 이만 빠지겠습니다."
 "너무 큰 돈입니다."
 "제 개인 돈 아니니 걱정하지 마세요. 나라에서 우리 고생한다고 하사하는 특별 활동비니깐 부담느끼지 마시고 몽땅 다 쓰시고 내일 출근하시면 됩니다. 영수증도 필요 없어요."
 한동안 실랑이 끝에 박 대위를 놓아 준 후, 갑작스레 만들어진 의형제는 박 대위의 소망과 다르게 호텔 앞 소박한 포장마차로 자리를 옮긴다.
 "따뜻한 국물에 소주잔을 나누니 속이 좀 가라앉는 것 같네."
 "네. 저도 입이 싸서 가락국수 국물에 소주가 딱 좋습니다! 저 그런데 형님, 혹시 김민희라는 분 아십니까?"

석대오 경감과 박치환 대위의 밀접한 관계를 고려하였을 때, 그가 김민희의 존재를 알고 있는 것이 전혀 이상할 일이 아니지만, 김충경 중사는 살짝 당황스러워한다.

"아무리 사랑에는 한계가 없다고 하지만 너무 우려가 됩니다. 참… 우리 형님이 뭐가 부족해서 저러시는지 더 얘기하면 마음 상하실 것 같아서 참고 있지만 저는 너무 답답합니다. 보니깐 뭐 내년부터는 여자분 공부시켜서 대학까지 보내준다는데 도대체 눈에 어떤 콩깍지가 씌어서 저러시는지 참. 형님은 그 여자분 직접 만나도 보셨죠? 그렇게 막 눈이 부실 정도로 이쁜가요?"

"잠시만."

김 중사는 자신의 지갑을 뒤져 폴라로이드(Polaroid) 카메라로 찍은 사진 한 장을 들어 보인다

"자, 봐봐. 2주전인가? 우리 부대 근처 호프집에서 세 명이 찍은 사진이야. 어때?"

석대오 경감은 김 중사가 들이민 사진을 귀찮은 듯이 슬쩍 쳐다본 후 짧게 한 마디를 내뱉는다.

"뭐, 별로구먼."

"자세히 봐봐."

"참하고 괜찮아. 나도 민희 씨 옛날 직업 생각하면 조금 그렇긴 한데, 그분도 생각은 있는 사람인 것 같아. 집안 사정 때문에 험한 길 간 거야. 그리고 대학도 본인이 모아놓은 돈으로 공부해서 가겠다고 아르바이트 알아보다가 전 직장 사장님이 결산이랑 계산대만 좀 봐달라고 해서 올해 말까지는 일도 할거고."

"네? 아무리 계산대만 본다고 해도 전에 일하던 술집에서 계속 일한다고요? 그게 말이 돼요?"

"나도 알아. 박 대위님도 그것 때문에 싸웠는데 민희 씨가 자기 못 믿냐며 그냥 직장 다니는 거니깐 내년에 공부 시작하기 전까지만 일하겠다고 했대. 그리고 우리 업무 특성상 평일에는 시간이 안 되니깐 둘 다 열심히 일하고 주말에만 만나기로 했다네. 박치환 대위님 무서울 정도로 현명한 분이니깐 우리는 멀리서 그냥 지켜보고 응원합시다."

석 경감은 김 중사의 말에 더 대꾸하려다가 멈추고 소주잔을 들어 자신의 입속으로 털어넣는다. 목을 타고 내려오는 얼얼한 느낌이 불쾌하다. 김 중사도 비워진 소주잔을 채우며 석 경감을 따라 소주를 들이킨다. 자정이 넘은 시간, 낡은 천으로 덧씌워진 초라한 포장마차와 그 뒤의 화려한 호텔. 절대로 양립할 수 없어 보이는 이 두 개의 구조물에도 공통점은 있다.

미꾸라지

 천안 상비사단 독립 3중대, 20여 분간의 중대장 취임식을 마치고 중대장실에 들어서자 어깨 위의 녹색 견장과 오른쪽 가슴의 지휘관 휘장이 박치환 대위를 무겁게 당기고 짓누른다. 그의 의무는 아무나 누릴 수 없는 지휘관의 책임감이라는 이름으로 그럴듯하게 포장되어 있지만, 전임자도 없이 컴컴한 어둠 속에서 한 발짝씩 더듬어 나아가야 하는 신임 중대장에게는 족쇄와 같이 느껴질 뿐이다.
 아직 익숙하지 않은, 뒤로 완전히 눕히는 널쩍한 지휘관 의자에 앉아서 중대 현황 보고를 한참 읽어 내려가던 박 대위의 눈동자가 대민 지원 파견 항목에서 잠시 지체된다. 같은 문장을 여러 번 정독한 후 인터폰을 눌러 중대 행정보급관을 부른다.
 "행보관님, 대민 지원 파견 이게 뭐죠?"
 간부를 포함해 120여 명, 중대 인원의 약 20% 가까운 병력이 한 달 단위로 대민 지원이라는 명목으로 외부에 파견된 현황을 박 대위는 이해할 수가 없다.
 "아, 여기 주변에 배밭이 많아서 저희가 두 개 분대 규모로 한 달 단위로 외부에 병력을 파견해서 농사일을 돕습니다. 3월부터 6월까지 3개월 정도 투입을 합니다. 마을 주민들도 도움이 많이 된다고 엄청 고마워하고 저희 인원들도 사제 식사도 할 수 있고, 여기 허름한 막사 대신에 원룸 같은 데서 잘 수 있어서 다들 좋아합니다."

무표정한 얼굴로 박 대위가 인터폰을 한 번 더 눌러서 운전병을 부른다.

"지금 차 대기시켜라. 행보관님, 지금 파견지에 가보시죠. 2소대장도 준비해서 같이 나오라고 하세요."

후방의 독립 중대 지휘관에게 배속된 노후화된 군용 차량은 검은색 연기를 토해내며 반듯하게 잘 닦인 도로 위를 힘겹게 나아간다. 한 시간여를 달려 도착한 대민 지원 임시 숙소, 그곳에 고삐 풀리고 흐트러진 중대원들의 모습에 박 대위는 할 말을 잃는다. 여기저기 술병과 쓰레기가 굴러다니고 술에 찌들어 뻗어 있는 중대원들의 형국이 전방에서 칼바람을 맞으며 혹한을 견디고 있는 또 다른 대한민국 아들들의 모습과 교차한다. 뒤늦게 상황을 파악한 소대장이 소리 지르자 구석에 처박혀 있던 분대장이 인원들을 불러 모은다. 박 대위는 소대원들이 지켜보는 앞에서 소대장의 정강이를 군홧발로 걷어찬다.

"억…" 하는 신음과 함께 소대장 앞으로 고꾸라진다.

"억…"

"일어나! 이 새끼야!"

겨우 벽을 잡고 일어난 소대장의 얼굴을 박 대위가 손바닥으로 강하게 내려친다. 또 다른 가격에 소대장은 다시 한번 더 바닥에 쓰러진다.

"행정보급관! 현 시각부로 당장 인원 중대로 복귀시키세요. 그리고 3중대 전원 완전 군장해서 연병장에 집합시키세요."

그날 저녁 3중대는 지금껏 한 번도 겪어 보지 못한 고되고도 긴긴밤을 보낸다. 초저녁부터 시작된 단체 기합은 자정이 넘은 시간까지 이어졌다. 밤이슬이 내려 쌀쌀한 날씨에도 넓게 흩어진 대형으로 3중대 연병장을 채운 20대 젊은 청년들은 땀으로 온몸이 흠뻑 젖어 있다. 그들을 통제하는 박치환 대위의 목소리도 갈라져 거친 쇳소리를 낸다.

"힘들어?"

"아닙니다!"

이미 답이 정해진 물음에 악에 받친 듯한 음성으로 대답하는 중대원들을 박 대위가 사열대 앞에 좁은 간격으로 집결시킨다.

"너희는 누가 뭐라고 하든, 군인이다! 지금 너희들에게 거창한 군인 정신이나 국가관을 말하고 싶은 것이 아니다. 병역의 의무를 지고 있는 현역병으로서 최소한의 자격은 갖추어야 하지 않겠나? 중대장은 금일 오후 대민 지원에 나가 있던 2소대원들의 행태를 보면서 실망을 넘어 경악을 금치 못했다. 너희는 일용직 잡부가 아니라 이 나라를 지키는 군인이다! 앞으로 내가 3중대를 지휘 통솔하는 한 더 이상의 대민 지원은 없을 것이다. 당장 명일부터 분대별로 교육 훈련을 강화할 것이고 일정 수준에 도달하지 못하는 분대는 외출과 외박을 통제하고 개인 정비 시간에도 추가 교육을 실시할 것이다. 이상!"

육체적인 고통에 힘들어하던 중대원들은 중대장의 선전포고에 더 깊고 무거운 심리적 부담과 두려움을 느낀다.

다음 날부터 중대장이 공언한 대로 독립 3중대는 훈련으로 하루를 시작하고 훈련으로 하루를 마무리했다. 정신교육부터 화생방 훈련, 구급법에 이어 개인화기 사격까지 새빨갛게 녹슬어 낙후되어 있던 중대가 엔진 소리를 내며 앞으로 조금씩 나아갔다. 한 달 정도의 시간이 흐르자 부드러운 움직임을 보이며 속도가 붙고 중대에 활기가 띤다. 점심시간과 일과 후 개인 정비 시간에 침상에 널브러져 바보상자에만 집중하던 중대원들이 연병장을 뛰고 팀을 나누어 구기 운동을 하며 전우애를 다지기 시작했다. 무리한 부대 운영이라고 회의 시간마다 반대표를 던지던 행정보급관의 입도 3중대에 부는 새로운 바람에 자물쇠가 채워진 듯 잠잠해졌다.

부대가 정상 궤도에 올라 안정화가 되어 가고 있는 도중에 연대 본부 부사관 참모가 중대를 방문했다. 마른 몸에 날카로운 인상을 한 연대 주임원사는 행정보급관과 여기저기 시설물을 둘러 보고는 중대장실 문을 두드린다.

주임원사는 박 대위에게 충성 구호는 붙이지 않은 채 손동작으로 경례하는 시늉만 한다. 아버지뻘 되는 부사관들의 빈번한 결례에 크게 개의치 않았지만 주임원사가 회의용 테이블 의자에 다리를 꼰 상태로 앉아 양해도 구하지 않고 주임원사 본인이 하고 싶은 말부터 꺼내자 불쾌한 감정을 느낀다.

"네. 뭐, 저는 빙빙 돌려서 말하는 스타일은 아니라서 거두절미하고 중단하신 대민 지원에 대해서 한 말씀 올리겠습니다. 중대장님이 후방은 처음이라서 잘 모르시는 부분이 있습니다. 후방은 전방과 다르게 민간 요소가 아주 중요합니다. 평시뿐만 아니라 전시에도 주민들의 협조가 작전의 성패에 절대적인 요인이 될 수가 있습니다. 따라서 평소에 지역 주민들과 우호 관계를 잘 구축해 놓으셔야 합니다. 그런 면에서 1년에 딱 한 번 바쁜 시기에 병력을 투입해서 지역주민을 도와주는 활동을 중단하면 앞으로 애로사항이 많이 있습니다. 벌써 저한테 왜 병력지원 안 해 주느냐고 민원이 올라오고 있습니다."

"가세요."

"네?"

"주제넘게 참견하지 마시고 가시라고요."

예상하지 못한 박 대위의 초강수에 주임원사의 얼굴은 빨갛게 달아오른다. 잠시 당혹스러움을 감추지 못하던 주임원사는 곧 냉정함을 되찾고 불쾌한 자신의 감정을 드러내려는 듯 인사도 없이 뒤돌아 중대장실을 나가 버린다.

그날을 기점으로 3중대에 대한 불리한 보고가 줄을 잇는다. 부사관단에서 채집된 첩보가 악의적으로 편집되어 연대장 책상 위에 오르기 시작했다. 거짓도 진실도 아닌 일정한 방침대로 교묘히 가공된 정보는 상급 지휘관에게 박 대위에 대한 신임을 잃게 하기에 충분했다. 새로 부임한 3중대장에 대한 불편한 보고가 멈추지 않고 계속되자 참다못한 연대장이 직접 시간을 내어 3중대를 찾는다.

연대장의 1호 차가 3중대 막사 입구에 멈춰 선다. 미리 대기하고 있던 박 대위와 그 뒤로 나란히 소대장과 행정보급관이 합동으로 충성 구호를 붙이며 경례한다. 연대장은 경례도 받지 않은 채 아무 말 없이 중대장실로 들어가 버린다. 박 대위가 뒤따라 중대장실로 들어오자 연대장은 호통부터 친다.

"야! 3중대장! 너는 도대체 부대를 어떻게 지휘하는 거야? 요즘 3중대에 문제 많다고 얼마나 많은 보고가 올라오는 줄 알아? 소대장을 소대원들 보는 앞에서 두들겨 패지를 않나, 그리고 잠도 안 재우고 병력 기합 주고 뭐 하자는 거야? 너 내가 사단 인사참모한테 특별히 부탁해서 우리 부대로 데려왔는데 지금 중대장 유고시보다 더 개판이라고 하면 내가 어떻게 할까?"

"연대장님, 제가 3중대 병력을 지휘하는 지휘관입니다."

박 대위는 연대장의 질타를 이미 예견한 듯 담담히 듣고 있다가 누구나 알고 있는 명제를 시작으로 악성 루머에 대한 반격을 시작한다.

한 달 전 박 대위의 눈으로 직접 목격한 대민 지원 실태부터 지금까지 부대 정상화를 위해 기한 노력과 그 성과에 대해서 설득력 있게 설명한다. 그러고 나서 모든 상황을 뒤집을 결정적인 카드 하나를 던진다.

"그리고 연대장님, 제가 이곳 지방 경찰청 정보 계통에 친하게 지내는 지인이 있어서 비공식적으로 대민 지원 대상이 되는 마을 사람들의 인적 사항을 확인했는데 많이 놀랐습니다. 당연히 여기에 오래 거주한 주민들이라고 생각했는데, 알고 보니 대민 지원받는 사람들 대부분이 외지 사람들입니다. 따라서 배밭을 관리하는 사람을 고용해서 운영하는 사업가들이지 농사를 직접 지을 만한 위인들이 못됩니다. 그리고 심각한 문제는……."

"뭐, 심각한 문제? 그게 뭐야?"

박 대위가 결정적인 순간 잠시 뜸을 들이자 연대장이 되물으며 재촉한다.

"그 배밭 주인들과 주임원사 간에 모종의 거래가 있는 것으로 추정이 됩니다. 우선, 우리 연대로 날아오는 대민 지원 협조 공문 리스트에 대상자 선정 기준 자체가 불분명합니다. 5년이 넘는 기간 동안 거의 같은 사람들만 지원을 받고 있습니다. 지원 대상자에서 빠진 일반 주민들 이야기를 들어보면 그 외지인들이 마을에 올 때마다 항상 주임원사와 만나고 선물도 전해준다고 합니다. 어떤 주민은 이 사항을 알고 항의를 하려고 했는데 누가 가만히 두지 않겠다고 협박을 해서 민원을 포기했다는 소문도 있습니다. 연대장님, 3개월이면 1년의 4분의 1입니다. 보통 농사짓는 데 한 달에 한 사람만 부려도 200만 원은 족히 줘야 합니다. 스무 명에 가까운 장정들을 숙식만 해결해 주고 노동력을 받을 수 있다면 누가 안 하고 싶겠습니까?"

　박 대위는 말을 더 붙여 나가려다 진지한 얼굴로 생각에 잠겨있는 연대장을 보고는 입을 다문다. 계획보다 길어진 면담을 뒤로하고 군용차에 오르기 전 연대장은 박치환 대위의 손을 두 손으로 꼭 잡고 옅은 미소를 지어 보인다.

　며칠 후, 예하 중대로 연대장의 지시사항이 하달된다. 매년 실시되던 대민 지원은 전격 중단하고 부대 자체 교육 훈련에 집중하라는 내용의 공문이었다. 연대 예하 전 부대로 지시 공문이 전파된 지 얼마 않아 연대 주임원사는 부당이득을 취한 혐의로 3개월간의 정직 처분을 받고 전방 부대로 강제 전출되었다.

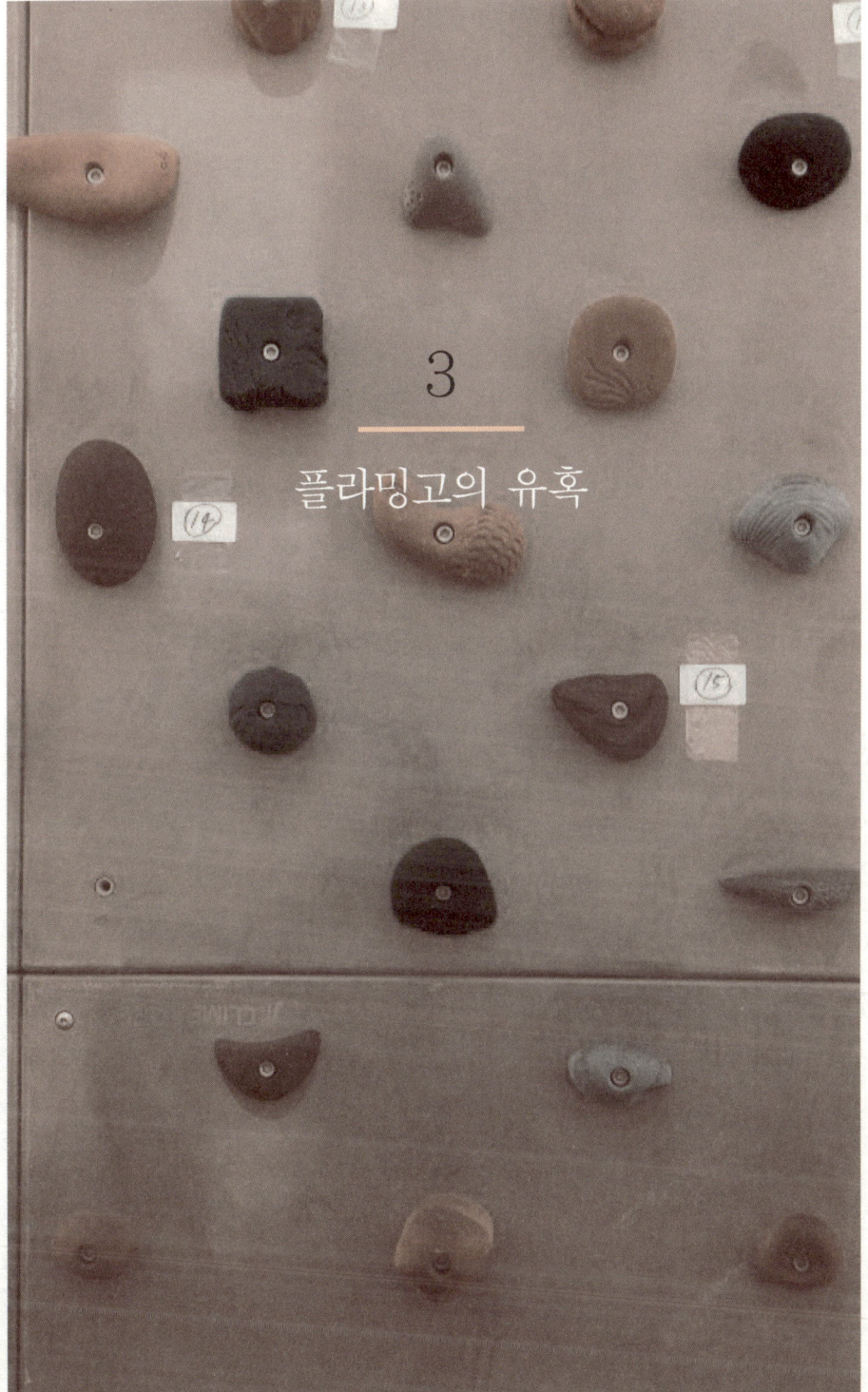

3

플라밍고의 유혹

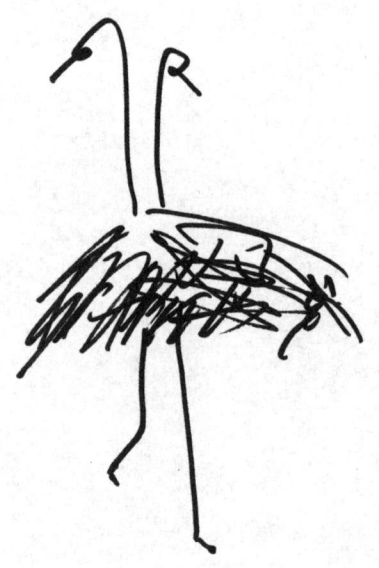

플라밍고

벽시 시걸이여, 너의 사랑을 부정하지 않는다.
그러나 너의 믿음은 무모하다.
그러나 너의 선택은 아름답다.

플라밍고여, 너의 비극을 부정하지 않는다.
그리고 너의 선택은 짙다.
그리고 너의 사랑은 짙은 어둠이다.

민희, 너는 그녀를 닮지 마라.
치환, 너도 그를 닮지 마라.

너희의 운명은 그들과 맞닿지 마라.
수평선의 민낯을 닮아라.

슬픔의 시작점

　인제군 김민희 숙소, 토요일 늦은 아침, 왼쪽 팔의 묵직함이 목까지 전해지자 박치환 대위가 침대 위에서 눈을 뜬다. 밤늦게까지 이야기꽃을 피우던 김민희는 아직 깊은 잠에 빠져 있다. 조심스럽게 베개를 받쳐주고 자신을 짓누르던 그녀의 속박에서 벗어난다. 3주 만에 찾은 그녀의 집은 늘 그래왔듯이 혼돈, 그 자체이다. 각종 옷가지가 방바닥에 흐트러져 있고 화장대는 큰 거울이 없다면 사용 목적이 무엇인지 알 수 없을 정도로 잡다한 물건들이 한데 뒤섞여 산을 이루고 있다. 침대 끄트머리에 앉아서 주위를 살피다 한숨을 크게 한번 내쉬고 우렁각시가 되기로 마음먹는다. 민희가 깨지 않도록 조심스럽게 어지러이 널려 있는 빨랫감을 한곳으로 모으고 전쟁터를 방불케 하는 화장대 테이블 위에 일부 잡스러운 물건들을 걷어내자 두꺼운 녹색 책 한 권이 나타난다. 박치환과 김민희, 두 사람을 이어준 옷깃의 스침을 그 잡동사니 속에서 끄집어낸다. 왠지 모를 들뜬 마음으로 책의 겉표지부터 한 장 한 장 넘기자 인쇄된 글자 외에 또박또박 덧씌워진 필기의 흔적이 보인다. 각종 별표와 자로 반듯하게 그어진 밑줄을 보다가 양쪽 입꼬리가 올라가다가 이내 일자로 침몰한다.

"오빠 뭐해요?"

"어, 일어났어? 너무 지저분해서 내가 청소 좀 하려고……. 근데 이 책이 보여서."

그녀가 적잖이 당황해하며 침대에서 일어나 책부터 뺏으려고 한다.

"잠시만. 이거 심리학 교재인데 대학 가면 심리학 전공하고 싶어서 미리 공부 시작한 거야?"

박 대위는 자신이 방금 가지게 된 의문을 그녀가 풀어주기를 바라며 현실성 없는 질문을 던진다.

"사실 그거 훔친 거예요. 예슬이 언니랑 1년 반 전인가 서울대학교에 놀러 갔다가 강의실에 주인 없이 놓여 있던 책을 기념으로 가지고 온 거예요."

"참, 요즘 세상에 책 절도범도 있네. 오, 학구파가 되겠어!"

그의 장난스러운 말투에 민희는 책 가장자리에 꽂혀 있던 사진 한 장을 보여준다. 서울대학교 정문에서 그녀의 절친한 직장동료와 환하게 웃으며 찍은 기념사진을 보자 박 대위의 마음속 한 쪽에 알 수 없는 슬픔이 자리잡는다.

"내년부터 열심히 공부해서 대학 가서 대학생 되자. 혹시 알아? 정말 대한민국 최고 대학의 신입생이 될지!"

평소 박 대위답지 않은 허황한 농담을 던지며 누군가로부터 도난된 책 한 권을 한 쪽에 챙겨둔다.

"오빠, 사장님이 오늘 주말이고 술 들어오는 날이라고 조금 일찍 출근해달라고 했어요. 같이 가요. 나랑 카운터에서 놀아 주면 되잖아요."

박 대위는 평상복을 입고 그녀를 따라나선다. 같이 출근하는 길이 새롭고 왠지 모를 설렘과 기대감마저 든다. 점심시간을 막 넘긴 시간, 사장은 일찌감치 나와서 카운터에 있는 간이의자에 앉아 서류를 정리하느라 정신이 없다. 편안함 차림으로 민희와 함께 가게 안으로 들어온 박 대위를 쳐다보지도 않은 채 퉁명하게 툭 던진다.

"왜 이렇게 늦게 왔어요? 점심시간 전에 오라고 하니까! 맥주는 저 냉장고에 채우고 남는 상자는 저 옆에 쌓아 주세요. 아무튼, 항상 늦어!"

"사장님!"

김민희가 자신을 부르는 소리에 시선을 돌리자 느닷없이 박 대위와 눈이 마주친다. 사장은 화들짝 놀라 자리에서 뒤로 넘어진다.

"이런, 죄송합니다. 제가 박 대위님을 못 알아봤네요. 주류 업체 운송 직원인 줄 알았습니다. 여기는 웬일이세요?"

"오늘 힘쓸 일이 많잖아요. 그래서 제가 납치해왔어요. 오늘 하루 동안 오빠가 여기서 아르바이트하기로 했어요."

사전에 합의되지 않은 그녀의 일방적인 통보에 두 명의 남자는 김민희와 서로를 번갈아 쳐다보며 당황한 기색을 감추지 못한다. 김민희가 박 대위의 등을 떠밀며 그를 강제 노역에 동참시킨다. 카운터 앞으로 수북이 쌓여있는 술병을 문밖으로 내보낸다. 어제저녁 영업시간 동안 술의 양은 나와 있는 술 궤짝만으로도 충분히 추정된다. 박 대위가 허리도 펴지 못하고 땀을 흘리는 새에 김민희의 직장동료들이 하나씩 나타난다. 패션쇼를 방불케 할 정도로 치장을 한 20~30대 여인들은 30대 초반 아르바이트생의 등장에 전혀 관심을 가지지 않는다. 그녀들의 무관심이 익숙해질 무렵 한 여인이 박 대위를 알아본다.

"어머! 박 대위님 아니세요? 지금 여기서 뭐 하세요? 혹시 군대에서 잘리셨어요?"

4개월 전, 앙칼진 목소리로 박 대위의 무례함을 나무라던 예슬이라는 예명을 가진 여자의 걱정스러운 말투에 격세지감을 느낀 박 대위가 웃음을 터뜨린다.
"예슬이 언니, 오늘 어차피 오빠 쉬는 날이라 저 잠시 도와주러 온 거예요."
"아 그래? 근데 그래도 그렇지 이게 뭐냐? 박 대위님 온몸에 땀이야."
예슬은 박 대위의 손목을 끌어 비어 있는 방으로 그를 들여보내고 에어컨 전원을 켜준다.
"잠시만 여기 계세요. 제가 마실 거라도 갖다드릴게요."
냉기가 방안을 가득 채울 무렵, 박 대위를 무심히 지나쳤던 여자 무리가 방 문 앞을 기웃거리다 김민희를 앞세우고 방안으로 쏟아져 들어온다. 10여 명의 젊은 여인들은 호기심 가득한 표정으로 면접관이라도 된 듯 질문을 던진다. 연인의 친구들과의 첫 만남에서 의례 나올만한 짓궂은 질문에 난처해하는 박 대위를 바라보는 여자들 무리에서 웃음소리가 끊이질 않는다. 그 나이 또래의 여느 대학생들과 다르지 않은 천진하고 해맑은 그들의 모습에 알 수 없는 미안함을 느낀다.
늦은 오후가 되자 사장과 중간 관리자들까지 합쳐서 20여 명의 사람들이 한 곳에 모여서 이른 저녁을 함께한다. 플라밍고에서 가장 넓은 방 바닥에 신문지와 상자를 깔고 그 위에 둘러앉아 누구나 좋아하는 금세 배달된 중국 음식을 하나씩 자기 앞으로 가져간다. 밝은 표정으로 포장된 비닐을 벗겨내는 박 대위와는 상반되게 고된 하루의 시작을 알리는 그들의 아침 같은 저녁이 달갑지만은 않은 듯 대부분은 조용히 그릇을 비워낸다. 일반 직장인들이 고된 전쟁터에서의 하루가 마무리되는 시점에서 교대하듯 시작되는 그들의 일터에서 더 큰 삶의 무게가 느껴지는 이유는 무엇인가?

저녁 일곱 시가 넘어가자 기다렸다는 듯이 많은 사람이 각양각색의 모양새로 플라밍고의 룸을 하나 하나씩 점령해간다. 그 다양함 속에 천편일률적인 머리 모양을 하고 있는 손님들은 플라밍고만의 또 다른 개성이다.

김민희와 박치환 대위가 책임지고 있는 계산대도 숨 돌릴 틈 없이 바쁘게 돌아간다. 기본 업무인 술값 계산부터 잔심부름과 불만 접수까지 원래의 기능을 벗어난 다양하고 많은 일을 처리한다. 그러던 중 박 대위와 비슷한 나이대의 손님이 김민희를 부른다.

"저기 아가씨! 오늘 밤노래 뭐에요?"

"아, 오늘 암구호[1]요? 잠시만요."

민희가 단상 밑에 메모한 단어를 읽고 대답을 해준다.

"문어가 수평선이고 답어가 눈속임이네요."

"네, 고맙습니다."

도저히 믿기 힘든 장면을 직접 목격한 박 대위가 김민희를 쳐다보자 그녀가 조용히 하라는 손 신호를 보낸다. 박 대위는 정색하며 암구호가 군 비밀 체계 중 하나로 군부대 외부에 공연히 전달되어 전파되는 것은 심각한 범죄 행위라는 점을 강조한다.

"다들 알아요. 근데 여기 손님들 군인밖에 없어요. 그리고 다들 취해서 영내 숙소로 들어가는데 암구호를 모르면 부대 내부로 들여 보내주지를 않잖아요. 그래서 사장님 친하신 간부님한테 부탁해서 그날그날 암구호 받아서 손님들이 물어보면 알려주는 거예요."

---

[1] 'Night Song'이라고도 불리는 암구호는 야간이나 전시 상황에 상대가 아군인지 아닌지를 구분하기 위한 하나의 암호로 군사비밀 3급에 준한다.

보안 방첩을 제일의 임무로 두고 있는 기무사령부 소속 박 대위는 넉 달 전 중앙 보안 검열을 직접 지휘했던 검열 단장으로서 77사단의 암구호의 외부 유출 상황을 받아들일 수 없다.
　"그래도 이거는 아니야. 잘못하면 암구호를 알려주는 사람이나 그걸 받고 다른 사람한테 알려주는 너나 모두 군 보안법으로 처벌받을 수 있어. 민희가 사장님께 말씀드려서 당장 내일부터라도 암구호 받고 알려주는 거 하지마."
　"우리 손님들한테 암구호 알려 준 지가 2년이 넘었어요. 아무런 문제가 없는데 왜 문제를 만들려고 해요? 오빠가 일 도와준다고 해서 데려왔는데 이런 거로 시비 걸면 내가 뭐가 돼요? 모르는 척해주세요."
　비밀 유출 행위를 식별하고도 아무런 조처를 하지 않으면 자신도 직무 유기가 될 수 있다는 판단에 잠시 고민하던 박 대위는 내년에 김민희가 플라밍고를 그만두고 떠나면 가게를 방문하여 조용히 처리하기로 마음먹는다.
　좁은 단란주점의 카운터에서 서로에게 토라진 채 어색한 분위기를 만들던 커플은 저 멀리 들리는 비명에 서로 눈이 마주친다. 복도에서 상황을 지켜보던 사장과 마담이 울음소리의 진원지로 들어가서 눈물로 범벅이 된 여성 접대부 한 명을 데리고 나온다.
　"네, 죄송합니다. 돈은 안 주셔도 되니 나가 주세요."
　사장은 친절하지만 단호한 말투로 20대 중반의 남자 세 명을 출입문 밖으로 내보낸다.
　"아, 되게 비싸게구네! 창녀 주제에 무슨 젖도 못 만지게 해? 그리고 사장이면 종업원 관리 똑바로 좀 하세요!"
　박 대위가 순간 자리에서 일어나려고 하자 민희가 그 손을 꼭 잡고 조용히 속삭인다.

"여기서는 흔한 일이에요. 사장님이 잘 처리하고 계시니까 괜찮아요."

김민희는 머리가 헝클어지고 눈물로 화장이 엉망이 된 여인을 부축해서 자신이 앉아 있던 자리에 앉힌다.

"언니, 괜찮아요? 어디 맞고 한 건 아니죠?"

"개자식들! 들어가자마자 옷 벗기려고 하고, 싫다고 하니깐 머리채 잡고 흔들고."

바로 옆에 앉아 있던 박 대위가 자리를 박차고 뛰어나간다. 조금 전의 불쾌한 표정이 모두 연기였다고 증명이라도 하듯, 남자 일행 중 한 명이 무용담을 늘어놓으며 히죽거린다.

"내가 모르게 살짝 어깨끈을 풀었는데 그년이 지랄하길래 머리를 잡고 흔들어 버렸지! 병신 같은 년이. 아무튼 덕분에 돈 굳었네! 술도 꽤 많이 먹었는데 공짜네! 기분도 좋은데 저 멀리…… 억!"

박 대위가 가장 뒤에서 걸어가던 남자 한 명의 목덜미를 끌어당겨 목을 가격하자 맥없이 쓰러진다. 순식간에 바닥에 널브러진 그의 일행을 본 나머지 두 명이 박 대위에게 달려든다. 한 명의 주먹이 박 대위의 오른쪽 턱을 향하자 오른손을 들어 그의 공격을 막고, 박 대위가 왼손으로 그의 배쪽으로 주먹을 내민다. 그러나 그 역시 몸을 비틀어 박 대위의 공격을 피한다. 2 대 1의 불리한 상황 속에서도 전혀 밀리지 않을 정도로 단련된 박 대위도 대단하지만, 그들 역시 잘 훈련된 군인으로서의 면모를 보인다. 5분여 동안 서로의 오므려 쥔 손이 허공을 가르고 나서 일행 중 한 명이 공격 자세를 풀며 대화를 시도한다.

"왜 그러세요? 보아하니 그쪽도 군인 같은데 저희한테 왜 그래요?"

"너희 같은 새끼들한테 그런 거 알려줄 필요 없어."

상대방의 말을 무시하고 다시 주먹을 휘두르는 박 대위를 보고 조금 전 갑작스러운 공격으로 쓰러져 있던 일행 중 한 명이 일어나 그의 팔을 뒤로 꺾어 버린다. 갑자기 몸이 결박되어 방어 능력을 잃은 박 대위의 얼굴을 나머지 두 명이 동시에 가격한다.

"이분은 기무사령부 소속 박치환 대위님입니다!"

뒤늦게 상황을 전달받고 뛰어나온 플라밍고 사장의 말 한 마디가 싸움에서 우위를 점해가던 세 명의 남자들을 얼어붙게 만든다.

"너희 소속이 어디야?"

"포병대대 소속입니다! 제가 사격 지휘 장교이고 나머지 인원은 우리 대대 담당관들입니다. 죄송합니다! 저희가 선배님을 몰라뵙고."

"나한테는 사과할 필요 없고 여기 사장님과 여자분께 용서를 구해라."

양쪽으로 부은 얼굴을 부여잡은 박 대위를 향해 연신 허리를 굽히는 포병대대의 젊은 간부들 앞으로 플라밍고 사장과 봉변당한 여자가 나타난다. 30여 분 전 세상 무서울 것 없다는 듯 허세를 부리던 20대 남자들은 고개를 숙이며 미안함을 전한다. 눈앞의 무력보다 더 무서운 권력의 횡포를 잘 아는 영악한 그들에게 짧은 순간의 굴욕은 충분히 감내할 만하다. 평상시 무뢰배들의 행패를 업보로 알고 참고 견뎌야 했던 그녀들의 일상의 한을 이날 하루만큼은 박 대위의 등장으로 풀 수가 있었다.

"박 대위님, 고마워요. 오늘 같은 일이 수십 번 아니 수백 번 있었는데 사과를 받아보기는 처음이에요. 덕분에 아주 속 시원했어요!"

"감사합니다. 박 대위님, 제가 부족해서 풀어주지 못했던 우리 애들 응어리를 풀어주셔서 감사합니다."

인사치레가 아니라 진심으로 감사함을 전하는 그들의 마음 씀씀이가 박 대위의 마음속 편견을 녹인다. 사장 뒤쪽으로 하나둘 모여든, 진한 화장 뒤에 가려진 앳된 여인들이 한 인간으로서 박 대위 눈에도 보이기 시작한 것이다.

자정이 넘어 두 개의 시계침이 모두 숫자 2를 가리키는 시간이 되자 플라밍고의 전광판이 휴식에 들어간다. 대부분 사람이 잠이 들어 있을 새벽녘에 겨우 일과를 마친 유흥주점에는 사장과 박치환 대위, 그리고 민희와 예슬, 네 명이 네모난 테이블에 앉아서 이야기를 나눈다. 밝은 그들의 얼굴에서 힘에 겨웠던 고단한 하루가 얼마나 길었는지 알 수가 있다.

"오늘 아르바이트해 보신 소감이 어떠세요? 군 생활 보다 힘들죠?"

"네. 정말 고생들 많네요. 그리고 평균 이하의 후배들 때문에 제가 너무 부끄러웠습니다."

"그런 말씀하지 마십시오. 오늘 정말 고마웠습니다. 솔직히 저도 마찬가지이고 우리 애들 하는 일이 누구 앞에서 당당하게 말하기 어려운 일이라서 억울한 일이 있어도 항상 죄인처럼 당하고 살아야 합니다. 깊게 들어가 보고 살펴보면 누구보다도 열심히 사는 친구들인데 다들 이미 한 단계 낮추어 보고 쉽게 생각하고 막 대하죠. 그런데 오늘 박 대위님 덕분에 작은 저항이라도 할 수 있어서 좋았습니다. 작은 선물이라도 해 드리고 싶네요."

플라밍고 사장이 감추어둔 자신의 마음을 밖으로 내보이자 다들 아무 말 하지 못하고 적막만 흐른다. 김민희의 철없는 말 한 마디가 어색한 정적을 깨운다.

"그러면 우리 플라밍고 식구들이랑 다 같이 놀러 가요!"

축배의 머그잔

 2주 후 평일 아침 시간, 평소 굳게 닫혀 있어야 할 플라밍고의 출입문이 활짝 개방된 채로 내부를 훤히 내보인다. 그 안은 1박 2일간의 축제를 위한 준비물을 챙기는 20여 명의 사람들로 북적인다. 절반 이상 자리가 남은 대형버스에 짐이 모두 실릴 때쯤 김 중사가 양손에 무언가를 잔뜩 사 들고 나타났다.
 "뭐에요? 그때 말한 컵이에요? 그거 때문에 늦었어요? 군인이 약속 시간을 못 지키면 어떡합니까?"
 "왜 그러십니까? 제가 이거 날짜 맞추느라 업체에 전화를 몇 번이나 한 줄 아십니까?"
 박 대위가 미소를 지으며 입술을 삐죽거리는 김 중사 손에 있는 비닐봉지 하나를 받아 들고 버스 안으로 들어 갔다. 김 중사가 박 대위 옆의 빈자리를 확인하고 앉는다. 조심스럽게 버스 내부를 살피던 김 중사가 낮은 목소리로 박 대위가 대답하고 싶지 않은 질문을 꺼낸다.
 "석 경감은 오늘 결국 합류 못합니까?"
 "네. 대오는 못 온다고 하네요. 우리끼리 즐겁게 잘 놀다 오면 되죠.

뭐."
 박 대위의 속마음과 전혀 다른 한마디에 석대오 경감에 대한 서운한 감정이 그대로 담겨 김 중사에게 전해진다. 대형 버스가 덜컹거리며 앞으로 나가자 그는 의자에 몸을 기댄 채 일주일 전 석 경감과 난생처음으로 겪은 서먹했던 시간을 떠올린다.
 "석 경감, 오랜만이야."
 "네. 여자 친구분 생기시니 이 동생은 죽든 말든 상관없으시죠?"
 한 달여 만에 만난 석 경감의 핀잔에 박 대위는 아무 대꾸 없이 그의 목을 팔로 감싼다.
 "이거 놓으십시오. 누가 보면 우리가 진짜 친한 줄 알겠습니다."
 "너 진짜 이렇게 할래? 이 형이 행복한 것이 그렇게 불만이냐?"
 "아이고, 제가 잘못했습니다. 아무튼 오랜만에 봤으니까 오늘 거하게 한 잔 쏘십시오."
 "대오야, 미안. 오늘 민희랑 약속 있다. 너한테 부탁할 일이 있어서 잠시 들른 거야."
 반가움으로 장난스럽게 박 대위를 대하던 석 경감은 못마땅한 얼굴로 박 대위를 따라 카페로 들어간다. 카페 한쪽 구석 자리에 앉자마자 두툼한 책 한 권을 테이블 위에 펼쳐 놓는다.
 "형님, 이거는 뭡니까? 저한테 부탁할 일이 이 책에 관한 것입니까?"
 "그래, 대오야. 이거 대학교 교재인데 여기 책 끝의 장에 글씨 보이니?"

 서울대학교 식품영양학과 0588197 김지은.
 박 대위가 넘긴 『심리학개론』 마지막 장에는 그 책의 주인으로 보이는 사람의 학번과 이름이 굵은 펜으로 정성스레 쓰여 있다.

"대오야, 사실 이 책 민희가 1년 반 전에 서울대학교에 놀러 갔다가 허락도 없이 들고 온 거야. 민희도 이제 인생에서 새 출발하려고 하는데 훔친 책이 자꾸 마음에 걸려서 원래 주인을 찾아 돌려주고 사과하고 싶어서 너를 찾았다. 여기 기본적인 인적사항이 있으니깐 네가 연락처만 좀 알아 봐주라."

"아니, 형님 도대체 왜 이러십니까? 저는 요즘 형님을 도통 이해할 수가 없습니다."

놀란 얼굴로 자신을 쳐다보는 박 대위의 눈빛을 아랑곳하지 않고 석 경감은 작심한 듯 그동안 참아왔던 감정을 폭발시키며 하고 싶었던 말을 계속 쏟아낸다.

"요즘 박치환 형님은 전혀 다른 사람 같습니다. 아무도 찾을 것 같지 않은 책 한 권 때문에 저를 불러내시고 불필요하고 사소한 일에 계속 시간 낭비하고 계십니다. 형님 눈에는 지금 여자친구 하나밖에 안 보이십니까? 중심을 잃어버리셨습니다."

둘은 지금까지 한번도 겪어보지 못했던 어색한 침묵에 잠긴다. 서로 아무 말 없이 소비되는 시간의 정적을 박 대위의 전화벨 소리가 깨운다.

"어, 여기 다른 곳에 잠시 왔어."

박 대위가 전화를 받으며 잠시 자리를 떠나자 석 경감은 이내 자신의 이유 있는 반항을 후회하며 작은 수첩에 인적사항을 옮겨 적는다. 짧은 전화통화를 끝내고 박 대위가 자리로 돌아오자 석 경감이 고개를 숙이며 사과의 뜻을 전한다.

"형님 죄송합니다. 제가 너무 흥분했습니다. 형님이 시키는 일이면 무엇이든 하겠습니다."

"아니야. 내가 생각해도 내가 너무 도를 넘은 것 같다. 오늘은 기다리는 사람이 있으니깐 나중에 다시 이야기하자. 그리고 조금 전에 부탁한 건 잊어버려라. 다시 연락할게."

박 대위는 정작 하고 싶었던 여행 이야기는 꺼내지도 못한 채 멋쩍게 작별 인사를 나눈다.

간사한 병마는 결코 자신을 쉽게 드러내지 않고 서서히 스미며 침범한다. 견고한 바위에 뿌리내리는 풀의 생명력 역시 천천히 조금씩 바위에 균열을 낸다. 그들 사이의 침묵은 병마를 예견하는 비보인가? 아니면 새로운 생명력의 성장을 알리는 낭보인가?

버스가 경기도 가평의 작은 콘크리트 도로에 들어서며 속도를 낮추자 탑승객들은 약속이나 한 듯 김이 하얗게 서린 창문을 닦아내며 바깥 풍경을 감상한다. 버스 한 대가 자리를 모두 차지한 좁은 도로 양옆으로 중간중간 서리가 앉은 논바닥이 보인다. 휑하게 비워진 겨울의 시골 들판 풍경이 쓸쓸하게만 느껴지지 않는 이유는 곧 찾아올 봄의 새싹이 기대되기 때문일 것이다. 전세버스는 제법 규모가 큰 펜션 앞에 멈춰 선다. 하얀색 벽에 돔 형태의 파란색 천장을 얹어 놓은 건물이 보인다. 그리스 에게해의 파란 하늘을 본뜬듯한 파란 바다 위의 산토리니섬과 닮은 이 콘크리트 건축물이 한겨울 허한 들판을 차지하고 있는 그 낯섦은 플라밍고에 자신의 꿈과 미래를 저당 잡힌 오늘 방문자들의 그것과 닮았다.

입에서 김이 나오는 혹한의 날씨에도 오랜만에 교외를 찾은 젊은 아가씨들은 여기저기 짝을 지어 사진을 찍으며 행복한 미소를 지어 보인다. 아무도 찾지 않는 비수기에 마땅히 즐길 것이 없어 여행지로서 부족한 듯한 장소에서도 가짜가 아닌 진짜 웃음을 보이는 그들의 표정에서 그들이 견뎌야 하는 일상이 얼마나 힘겹고 고달픈지 유추할 수 있다.

사장과 마담 두 명, 박치환 대위와 김충경 중사 이렇게 다섯 명의 남자는 그녀들의 간만의 즐거움을 방해하지 않도록 묵묵히 짐꾼 노릇을 한다. 펜션 주인으로 보이는 60대의 노부부가 비수기에 방문해 준 고마운 손님들을 바라본다.

"어이구. 젊은 아가씨들이 왜 이렇게 많아요? 어디 여대에서 오셨나 보네요? 남자분들은 지도 교수님이랑 교직원들 같은데?"

"네. 워크숍 겸 MT 겸 겨울에 가평으로 놀러 왔습니다. 손님 없을 때 저희가 떡하니 예약하니 좋으시죠?"

그곳을 찾은 모든 이에게 곤란한 질문을 넉살 좋은 김 중사가 하얀 거짓말로 잘 받아넘긴다. 도착한지 한 시간도 되지 않아 짐을 풀고 편안한 옷차림을 한 여행자 무리는 건물 1층의 넓은 방에 모인다.

"자, 사장님을 제외하고 여기 남자분들 한 명씩 해서 네 개 조로 편성해서 팀을 짜도록 하겠습니다. 그리고 팀별로 오늘 준비해온 음식 재료를 가지고 요리 대결을 하도록 하겠습니다. 1등팀은 사장님께서 포상금을 내리실 것입니다."

박수와 환호성이 쏟아진다. 오늘 일정을 발표하던 김 실장이 진정하라는 사인을 보내고 자신의 대사를 이어 간다.

"자, 아직 끝나지 않았습니다. 1등, 2등팀을 제외하고 나머지 팀은 패널티가 있습니다. 꼴찌팀은 오늘 행사 이후에 설거지와 모든 뒷정리를 책임지겠습니다. 그리고 3등팀은 오늘 열심히 고기를 구워야 합니다."

즐거운 표정으로 일관하던 구성원들은 벌칙 발표에 의욕을 불태운다. 당근과 채찍의 적절한 배합, 조직을 길들이기 위한 단순한 경영 논리가 통하지 않는 곳은 어디에도 없다.

제비뽑기의 4분의 1의 확률은 박 대위와 김민희를 갈라놓고 김 중사와 김민희를 한 팀으로 묶는다. 조리도구 쟁탈전부터 조촐하지만 치열했던 요리 경연대회는 여기저기서 칼과 도마가 부딪치는 경쾌한 소리로 시작이 된다. 요리 능력에 한계를 지닌 박 대위가 잔심부름으로 고생을 하는 동안 김 중사는 주변 여성들의 환호를 받으며 프라이팬에 불 쇼까지 선보인다. 여기저기서 구경꾼이 모여든다.

"김 중사님, 혹시 여기 마음에 드는 사람 있으세요? 제가 오늘 바로 연결해 드릴게요."

"아, 어쩌죠? 저 3년 정도 만난 여자 친구가 있는데……."

김 중사가 1년 넘게 솔로라는 사실을 박 대위로부터 익히 들어왔던 김민희는 그의 뻔뻔한 거짓말에 일종의 분노 감정을 느끼고, 그런 자신을 달래기 위해 그 자리를 벗어난다. 빠른 걸음으로 바깥으로 걸어 나가는 그녀를 보고 박 대위가 따라나선다.

"왜 추운데 혼자 나왔어? 들어가자."

그녀는 자신을 따라 나온 박 대위를 보자 그의 품속으로 뛰어든다.

"저는 오빠가 얼마나 대단하고 좋은 사람인지 가끔 잊어버릴 때가 있어요. 정말 미안하고 정말 고마워요."

"왜 그래? 무슨 일 있어? 그리고 뭐가 미안해? 전혀 미안해할 필요 없어."

"아니요. 그냥 정말 고맙고 미안해서……."

"그러면 집 청소 좀 하세요. 저한테 시키지 마시고요. 그리고 빨리 들어가자. 잘못하면 나 우리 조원들한테 욕먹어."

상대방의 무겁고 진지한 대화의 무게를 줄여주는 우스갯소리는 단순한 농담이 아니라 배려라는 사실을 박 대위는 잘 알고 있다.

30여 분의 시간이 지나자 방바닥에 작품들이 하나씩 전시된다. 모두가 넓은 방에 둘러앉자 심판이 된 사장의 심사 결과가 발표된다.

"오늘 영예의 1등은 최선을 다한 여기 있는 네 팀 모두입니다. 여러분들의 정성과 노력을 제가 감히 평가할 수 없어서가 아니라, 하나같이 형편없는 맛이라 제대로 맛을 볼 수가 없어서 모두가 승리자입니다."

자신의 농담에 손뼉을 치면서 크게 웃는 직원들을 바라보며 흐뭇한 미소를 짓는 사장은 그 자신의 실체보다는 노부부에게 김 중사가 했던 하얀 거짓말 속 인물과 더 근접해 보인다. 술병이 궤짝으로 자리를 차지하자 김 중사는 아침부터 준비해 온 20개가 넘는 컵을 꺼내 놓는다.

"자, 저도 초대에 감사드리는 마음으로 작은 선물을 준비했습니다."

김 중사는 얇은 하얀 상자에 포장된 컵들을 꺼내 보인다. 각각의 컵에는 플라밍고 여인들의 예명이 하나씩 새겨져 있다. 젊은 여인들은 초대 손님이 가져온 생각지도 못한 선물에 즐거운 비명을 지르며 각자의 컵을 찾느라 작은 소동을 일으킨다.

"조금 어색할 수 있지만, 오늘 술은 이 머그잔에 담아서 다 같이 짠하시죠."

플라밍고 사장이 잔을 높이 들어 한마디를 외친다.

"우리 모두가 평등하고 행복한 세상을 위하여!"

"위하여!"

머그잔에 채워진 맥주를 단숨에 비워낸 박 대위가 사장에게 핀잔을 준다.

"아니 사장님은 그 건배 레퍼토리 좀 바꾸시면 안 되나요? 저번에도 그렇고 이번에도 같은 말만 하시네."

"박 대위님 술집 주인 한번 해보십시오. 하도 많이 해서 더는 할 수 있는 말이 없습니다. 그냥 모두가 행복하게 지내라는 이 말 한 마디로 쭉

가는 것이 저한테는 최고입니다."
　밤이 깊어지자 기온은 영하로 뚝 떨어진다. 꽁꽁 얼어붙은 한겨울 날씨에 박 대위와 김 중사가 고기를 굽는다. 뜨거운 숯불에 몸을 녹여봐도 순간순간 몸속으로 파고드는 한기를 막기에는 역부족이다.
　"우리 한 명씩 10분 단위로 돌아가면서 구울까요? 어차피 한 사람이 구워도 문제없을 것 같은데."
　박 대위가 추위에 약하다는 사실을 잘 아는 김 중사가 웃으며 박 대위를 방안으로 들여보낸다. 박 대위가 방으로 들어가자 5개월 전 접대부와 손님의 관계로 플라밍고에서 만났던 지나가 김 중사의 말동무가 되어 주려고 방을 나선다.
　"엄청 춥네요. 김 중사님 괜찮으세요?"
　"저요? 강원도 전방에서 오래 근무해서 그런지 경기도 추위는 견딜 만하네요."
　지나는 김 중사 얼굴을 자신의 따뜻한 양손으로 어루만져 준다. 얼음장처럼 굳어 있는 그의 얼굴을 끌어당겨 입술에 입을 맞춘다. 잠시 당황한 김 중사는 주춤하다 그녀와 짧은 교감을 나눈다.
　"여기 있는 친구들 나름 각자가 그리는 꿈과 목표가 있어요. 남들은 우리를 더럽다고 욕하지만 언젠가 우리가 원하는 차별 없는 세상이 올 거라고 믿어요. 그때는 제가 김 중사님에게 부족한 사람이 아니겠죠?"
　"지나 언니! 추운데 거기서 뭐 해요? 빨리 들어와요!"
　김민희는 김 중사에게 눈길도 주지 않은 채 지나의 팔을 끌어당겨 방안으로 들어가 버린다.
　쓸쓸한 발코니와 온기 넘치는 방안을 가르는 미닫이 유리문의 김 서림은 밤이 깊어 갈수록 짙어진다. 긴 밤이 두려워 마음속 깊숙이 서리서리

넣어 두었던 행복을 차가운 겨울밤에 굽이굽이 펴서 꺼내어 놓은 여인들의 밤은 짧기만 하다.

 그다음 날, 품질 불량으로 교환해야 한다는 명목으로 플라밍고 종업원들로부터 김충경 중사가 다시 돌려받은 머그잔은 곧장 석대오 경감에게 전달된다. 경기 남부지방 경찰청 정보 2계장의 긴급 분석 요청 건으로 하달된 증거품에 대한 지문 분석이 곧장 이루어진다. 정확히 일주일 후, 국립 과학 수사 연구원으로부터 발송된 노란색 봉투에 '관계자 외 개봉 금지'라는 문구로 밀봉된 서류가 석대오 경감 책상에 놓인다.

자신을 위한 보호

과천 기무사령부 중앙 대공 수사단 제3분과 사무실 문밖을 탈출한 괴성은 복도를 타고 중앙 현관까지 퍼진다. 서로 간의 무관심이 최고의 예의이자 배려로 받아들여지는 군 정보기관이 아니었다면 이미 누군가가 소음의 진원지를 찾았을 것이다.

"이게 말이 돼? 김 중사 어떻게 이럴 수 있어! 이런 미친! 이거는 전부 다 거짓말이야!"

"석대오 경감 혼자 확인한 사항이 아닙니다. 저도 같이 확인했습니다. 틀림없이 모두 사실입니다."

"제기랄! 헛소리 지껄이지 마! 네가 뭘 안다고 그래! 내가 대오를 직접 만나 봐야겠어!"

박 대위는 평소 존대하던 김 중사에게 서슴지 않고 모욕적인 말을 내뱉는다. 그의 발악을 이미 각오한 듯 한치의 요동도 없이 자신이 계획한 대로 상황을 이끌어 간다.

"죄송합니다. 다른 곳으로 모시겠습니다."

김 중사가 벨을 누르자 문밖에서 대기하던 건장한 남자 세 명이 위협적으로 달려들어 박 대위를 제압한다.

"야! 김충경! 너 지금 뭐 하자는 거야? 빨리 이 새끼들 돌려보내! 네가 누구 덕분에 지금 여기 있는지 생각해! 더는 배은망덕하게 굴지 말고 풀어!"

"빨리 모셔라!"

악다구니를 쓰며 저항하는 박 대위를 뒤로 하고 김 중사의 발걸음은 다른 곳으로 향한다. 힘겨웠던 그 자리를 벗어나자 한동안 강단 있는 기색을 유지하던 김 중사의 낯빛이 급격히 풀어진다. 잠시 주위를 살피다가 전화기 버튼을 누른다.

"네, 충경 형님. 어떻게 되었습니까? 난리 치시죠?"

"예상한 대로 전혀 진정이 안 돼. 막무가내더라. 그래도 일단 안가에는 계시도록 했다."

"거기는 괜찮겠죠?"

"지금 박 대위님을 보호도 하면서 통제할 수 있는 유일한 공간이야. 너무 걱정하지마. 그리고 이제 바로 사령관님 주관으로 비상 긴급회의가 시작될 거야. 진행 상황 확인하고 다시 전화할게."

"충경 형님! 그리고 지금 이 사안이 너무 커져서 저도 보고체계를 통해서 말씀을 드려야 할 것 같습니다. 제가 기관에 요청해서 확인한 건들도 추적이 될 것이고 괜한 오해를 살 수가 있습니다."

김 중사는 그 짧은 시간 생각에 잠기더니 석대오 경감을 설득한다.

"석 경감 입장은 충분히 알겠는데 조금만 기다려 주라. 아직 처리 방향도 확정되지 않은 상태에서 기무사 외부로 알려지면 갑자기 우리 수사팀에서 배제된 박치환 대위님께 관심이 집중될 수가 있어."

"네, 알겠습니다. 확인되면 그때 저희 과장님께 보고 드리겠습니다."

석 경감은 착잡한 심정을 숨길 수가 없다. 자신의 평생의 은인에게 은혜를 갚지는 못할 망정 짐을 지워준 것 같아서 마음이 아프다. 3주 전 박 대위의 부탁을 자신의 의지대로 거절하고 아무것도 하지 말았어야 했나? 잠시 지나간 날을 후회하려다 이내 고개를 가로저으며 나지막이 혼잣말한다.

'아니 잘했어. 이건 정말 형님을 위한 일이야.'

평일 낮에도 차량과 차량이 서로 붙어서 움직이는 서울 도심의 차량 정체와 한바탕 전쟁을 치르고 정체가 풀릴 무렵 하늘에서 작은 빗방울이 떨어진다. 석대오 경감은 차 와이퍼를 작동시키려다 말고 창문을 내려 손바닥을 펴서 차가운 겨울비와 잠시 교감을 시도한다. 우울한 마음을 달래 주려는 듯 빗방울이 손마디 마디를 토닥토닥 두들겨 준다. 아쉬운 망중한을 끝내고 편도 3차선 도로를 쭉 따라가자 왼편으로 기역과 시옷, 그리고 디귿의 한글 자음이 조화롭게 교차한 서울 대학교 정문이 나타난다. 정문을 통과하자 오른편 버스 정류장에서 대기하고 있던 정장 차림의 행정처 교직원이 석 경감을 맞이한다. 든든한 안내자 덕분에 아무런 통과 절차 없이 차는 그대로 행정관 입구까지 직행한다. 여느 민원 시설과 비슷하게 현대식으로 잘 갖춰놓은 종합행정실의 안쪽에서 중년의 남자가 걸어 나와 손을 내민다.

"석대오 경감님이시죠? 협조 공문 받고 요청하신 서류는 이미 준비를 다 해놓았습니다. 저희 직원이 곧 가져다 드리겠습니다. 우선 차라도 한 잔하시죠. 그런데 왜 우리 학교 학생의 인적사항이 필요하신 거지요? 범죄와 연관된 내용인가요?"

"수사 중인 사항이라서 정확히 말씀드리기가 제한되는데 심각한 일은 아닙니다."

석 경감은 베테랑답게 자신에게 정보를 얻으려는 상대방의 시도를 적당히 둘러대며 차단한다. 투명한 바인더로 감싸진 서울대학교 김지은 학생의 학적이 담긴 신상정보가 손에 주어진다.

"참, 김지은 학생 지금 휴학 중입니다. 사유가 캐나다 어학연수라고 되어 있네요."

자료를 넘겨보던 석 경감은 안그래도 성가신 일의 처리가 한층 더 멀어지자 발칵 짜증이 올라왔지만, 티 내지 않고 계속 서류를 훑어 내려간다. 은행의 중견 간부로 근무 중인 아버지와 고등학교 교사로 재직 중인 어머니, 그리고 외동인 그 책의 주인. 기록상으로 드러난 신상은 일반 중산층 가정의 환경보다 더 유복해 보인다. 박치환 대위가 부여한 임무 완수에 한계를 느끼고 자리에서 일어나려다 그의 실망한 얼굴이 떠올라 조금 더 노력해보기로 한다.

"저기 죄송한데 김지은 학생 담당 교수님 직접 뵐 수 있을까요?"

홀로 강의동에 들어선 석 경감은 나열되듯 좌우로 펼쳐진 강의실을 지나 식품영양학과 교수 연구실 문 앞에 도착한다. 가볍게 노크를 하자, 내부에서 들어오라는 음성 신호를 보낸다. 콧잔등 밑에까지 안경을 내려 컴퓨터 모니터를 응시하던 50대 후반의 여교수가 예상하지 못한 인물을 맞이한 듯 흠칫 놀란다.

"어, 죄송하지만 누구시죠?"

"아직 행정실장님으로부터 연락이 닿지 않은 모양입니다. 박순남 교수님이시죠? 저는 경기 남부지방 경찰청의 석대오 경감이라고 합니다."

"아니요. 전화 받았습니다. 경찰청 간부라고 하시길래 나이가 있으신 줄 알았는데 생각보다 너무 젊은 분이라서 제가 매치를 못했네요. 이쪽에 앉으시죠."

평소 하던 습관대로 방문 사유를 각인시키려는 석 경감의 말을 자르고 박 교수는 자신이 하고 싶은 질문을 먼저 던진다.

"제가 인품 받기로는 우리 지은이에 대해서 궁금한 점이 있으시다고요. 지은이 지금 해외 어학연수 중인데 무슨 문제가 있나요?"

석 경감은 한 두 마디의 짧은 대화에서도 느껴지는 교수다운 언어 구사에 까닭 없이 위축된다. 조금 전 행정실장에게 했던 똑같은 답변으로 적당히 넘어가려던 석 경감의 꼼수는 더 노련한 여자 교수의 항변에 저지된다.

"그러면 제가 도와 드리기가 어려워요. 대략적인 사항이라도 알려주세요. 최소한 지은이한테 어떤 일이 있는지 알아야죠."

"교수님, 아직 초동 수사 단계라서 추후 수사에 큰 영향을 줄 수 있어서 되도록 정보를 누설하지 않기 위한 적합한 조치이니 이해해주셨으면 좋겠습니다. 제가 말씀드릴 수 있는 확실한 한 가지 사실은 모두 김지은 학생을 위한 조사라는 것입니다."

석대오 경감은 경찰 정보계에서 6년 넘게 활약하고 있는 숙련된 경찰관답게 개인적이고 사소한 자신의 과제를 과대 포장하면서도 거짓 없이 교묘히 상대를 설득한다.

"한 2년 전쯤에 영어 어학연수를 떠난다고 휴학한 이후로 저와 따로 연락을 한다든가 직접 만난 적은 없어요. 저도 소식이 궁금해서 물어봤는데 주위에 지은이와 따로 연락하는 사람은 없는 것 같아요."

"지은 학생이 여타 학생들과 비교하면 특정할 부분은 없었나요? 주변 친구들과 문제는 없었나요?"

"지은이는 보통의 그 나이대에 공부 잘해서 우리 학교에 합격한 평범한 학생이죠. 여타 학생들에 비해서 크게 다른 점은 없어요. 뭐 굳이 집어내자면 보통 우리 과 학생들은 전공 수업 외에 선택이나 교양 과목으로 경영학과 수업을 많이 들었어요. 진로 특성상 급식 단체나 기관에서 관리자 역할을 많이 해야 하는데 실제 현장에 가면 영양학 말고도 회계 같은 경영능력도 요구하기 때문에 교수들도 많이 권하고 대부분의 학생은 같이 움직입니다. 근데 유독 지은이만 다른 학과 수업만 골라서 들었어요. 제가 불러서 훈도 내고 했는데도 고집을 꺾지 않더라고요. 뭐 그렇다고 해서 흔히 말하는 아웃사이더는 아니었고 과 행사에도 적극적으로 참여했어요. 여기 지은이 축제 때 사진 있는데 한번 보여 드릴게요."

도서관의 도서 분류법처럼 분야별로 체계적으로 구분된 여러 폴더를 지나서 딸깍 소리가 나자 사진이 모니터 화면 전체를 가득 채운다.

"여기 오른쪽에서 두 번째 모자 쓴 애가 지은이에요."

두 시간 가까이 학교에 머물다 정문을 빠져나왔지만, 아스팔트 군데군데 고여 있는 물웅덩이는 계속해서 동심원을 그리고 있다. 깊고 깊은 상념에 빠진 석대오 경감은 잠시 마음을 추스르기 위해서 도로 가장자리에 잠시 정차해 쌀쌀한 겨울 공기에 자신을 노출시킨다. 바로 앞 멀지 않은 곳은 화창하게 맑은데 석 경감 머리 위로는 빗방울이 떨어진다. 자신을 위로해 준 겨울비가 여우비였다는 사실을 뒤늦게 깨닫는다. 차가운 겨울비에 그의 몸과 마음이 바짝 얼어붙는다. 그리고 이튿날 저녁, 처음 안면을 트고 난 후 항상 세 명이 함께 하던 호텔 지하 바는 김충경 중사와 석대오 경감 두 명만이 자리를 잡고 있다. 새로운 환경의 서먹함을 느낄 새도 없이 둘은 생각지도 못했던 거북한 주제에 몰입한다.

"뭐라고? 김민희 씨가 서울대학교 학생이라고?"

"네. 2년 동안 휴학 중입니다."

"정말 이해가 되지 않아. 왜 거짓말을 했을까? 아니 이런 사람이 왜 단란주점 접대부로 사는 거지?"

"그리고 이름이 김민희가 아니고 김지은입니다."

가정폭력을 행사하던 자격 없는 아버지도, 고통을 이기지 못해 자녀를 버렸던 어머니도, 그리고 참혹한 현실의 밑바닥을 헤매며 두 동생을 보살피던 민희마저도 모두 허위로 제작된 허구였다. 모두가 알고 있던 김민희는 김지은을 가리기 위한 가면에 불과했다. 박치환 대위와 김민희, 이 두 사람의 운명을 이어준 그 책은 단란주점 접대부 김민희와 남부럽지 않은 풍족한 환경에서 행복하게 살아온 대학생 김지은의 실체를 가르는 열쇠이기도 했다.

"아니 차라리 반대라면 이해가 되겠지만 왜 자신을 그토록 악취 나도록 포장해서 술집에서 일하는 걸까? 혹시 집안이 갑자기 어려워져서 한 번에 많은 돈을 벌 수 있는 일이 필요해서 어쩔 수 없이 속인 건 아니야?"

"이미 탐문도 해봤는데, 민희 씨, 아니 지은 씨… 어떻게 불러야 할지 모르겠지만 집안에 경제적으로나 다른 면에서 전혀 문제가 없었습니다. 주변 사람들도 다 어학연수 중으로 알고 있습니다."

"혹시 둘이 닮은 사람은 아니야?"

"충경 형님! 저도 처음에 많이 놀라서. 이해는 하지만 형님까지 이러시면 안 됩니다. 제가 한 번만 확인해 봤겠습니까? 출입국 관리소에 출입국 기록 조회도 해봤는데 김지은 씨는 해외에 출국한 기록이 없습니다. 다시 한번 말씀드리지만 김민희라는 이름도 다 가명이고 치환 형님께서 마음 아파했던 과거 이야기도 전부 거짓말입니다. 그리고 한 가지 더 있습니다."

석대오 경감은 사진 한 장을 테이블 위에 올려놓는다. 사진을 보자마자 사진 속 피사체인 두 사람을 김충경 중사는 누군지 금방 알아본다.

"여기 민희 씨랑 한 명은 플라밍고 아가씨잖아."

"네. 둘 다 술집 접대부죠. 그런데 이 분은 예명이 예슬, 그리고 본명은 이민경으로 같은 과 선배입니다."

"아니 뭐 민희 씨도 그렇고 도대체 이 여자들 왜 이래? 나는 정말, 이 상황이 이해도 안 되고, 뭐야, 이 사람들 뭐 하자는 거야? 도대체 무슨 목적으로 이러는 거야?"

한 사람에게 고정되어 단순히 궁금증 해결 차원에 머물러 있던 기묘한 주제가 두 사람으로 확대되자 궁금증은 합리적인 의문으로 그 범위를 더 넓게 확장한다.

"일단 여기 플라밍고 여성 접대부들의 인적사항에 대한 전수조사를 해 보시죠."

"당연히 그것부터 확인을 해야 하는데 조사할 명분이 없는 데다가 그 아가씨들 본명도 제대로 모르는데 어떻게 신상정보를 확보하지?"

"일단 비공식적으로 가야죠. 대상자들 지문만 확보하면 됩니다. 형님이 좀 도와주십시오."

김충경 중사 보다 먼저 숙제를 받아 들었던 석대오 경감이 그 해결책을 제시한다. 군 정보기관과 경찰 정보 부서의 전문가인 그들은 우연히 그들 책상 앞에 놓인 비합리성으로 점철된 긴 문제를 풀기 위한 작업에 돌입한다.

플라밍고는 홍학과(科)에 속하는 홍학목(目) 새들의 총칭이다. 철새로 군집을 이루어 생활하며 주로 밤에 무리를 지어 이동을 한다. 길고 넓은 날개로 하룻밤에 500km 이상을 날아가기도 한다.

플라밍고의 최적 서식지인 탄자니아의 나트론 호수는 강한 소금기 때문에 생명체를 돌처럼 딱딱하게 만들어 버린다. 그러나 새우와 게 같은 갑각류는 풍부한 편이다. 플라밍고는 새우와 게 같은 갑각류를 주로 먹는다. 수천 마리의 플라밍고가 펼치는 군무는 환상적이다. 플라밍고는 태어날 때부터 분홍색이었을까? 갓 태어난 새끼의 깃털은 회색이다. 플라밍고는 자라면서 분홍색으로 변한다. 분홍색 깃털은 먹이 때문이라고 한다. 새우와 게 같은 갑각류 속에는 아스타신이라는 붉은 색소가 들어 있다. 그 붉은 색소가 플라밍고의 깃털을 분홍색으로 만든다. 또한 바닷물속의 세균도 한몫한다. 바닷물에는 염분에 잘 견디는 세균에 붉은 색을 내는 카로티노이드 색소가 있다. 분홍색 깃털은 90% 먹이에서 유래한 것이고, 나머지 10%는 바닷물속 세균에 의한 것이다.

인간의 탄생과 성장 또한 자기에게 주어진 환경을 벗어날 수 없는걸까? 과연 인간은 홍학의 깃털 색깔처럼 자기가 처한 현실을 받아들여 마음의 빛깔을 달리 할 수밖에 없지 않겠는가. 스스로를 고립시키고 사랑의 감옥에 갇힌 박치환과 김민희, 소금투성이인 나트론 호수에 사는 플라밍고처럼 천적으로부터 그들만의 온전한 분홍빛 사랑을 지켜줄 울타리가 있는가.

배은망덕

  기무사령부 지하 2층에 콘크리트 벽으로 겹겹이 둘러싸여 있는 지하 벙커에 들어서는 순간 모든 무선기기의 신호는 자동으로 차단이 된다. 한 번에 100명 이상 수용이 가능한 지하 벙커 안은 지하라고 믿기 어려울 정도로 밝은 불빛에 눈이 부실 지경이다. 부채꼴 형태로 펼쳐진 일반 회의용 의자와 책상 그리고 그 모서리 끝에 네 명이 앉을 수 있도록 마련된 VIP석이 자리잡고 있다. 국회의사당 전광판을 연상시키는 넓은 대형 모니터에 긴급회의 주제가 명시되어 있다.

  지하 벙커 회의실에 중장 기무사령관이 입장하자 VIP석에 앉아 있던 3처, 5처, 7처장을 비롯하여 세 명의 준장과 일반석에 앉아 있던 20여 명의 중령 이상의 주요 간부가 일제히 자리에서 일어나 예의를 표한다. 모두 착석하자 대령 운영과장의 사건 개요 브리핑이 시작된다.

  "기무 75-64마, 민간 방첩 사건 보고 드립니다. 우선, 사건 입수 경위입니다. 2007년 6월 77사단 중앙 보안 검열 시에 검열 단장이었던 박치환 대위가 지역 유흥주점 플라밍고 접대부와 만나게 되었고 이때 일반 접대부들의 성향과 다른 특이점을 발견하였습니다. 따라서 동향 보고조 및 지역 기무 부대와 협조하여 내사 끝에 대공 용의점을 확인하게 된 사건입니다. 주요 경과입니다. 플라밍고 유흥주점은 2003년 4월 77사단 사령부 지역에 개업했습니다. 처음 사장 한 명, 속칭 마담이라고 불리는 중간 관리자 두 명, 여성 접대부 여섯 명으로 영업을 개시했고 2007년 12월 현재 기준, 사장과 중간관리자는 같으며 여성 접대부가 열여덟 명으로 늘어난 상태입니다. 주목할 부분은 원년 구성원인 여섯 명을 포함하여 여성 접대부 전 인원이 소위 명문대로 분류되는 서울대와 연세대, 고려대에 재학 및 휴학 중인 학생이라는 점입니다."

대형 모니터를 응시하며 경청하던 3처장이 왼쪽 손을 들어 브리핑을 멈추라는 신호를 보낸다.

"그래. 흥미로운 주제이긴 한데 어떻게 이적 행위와의 연관성으로 이어지지?"

"플라밍고 종업원들이 모두 명문대 학생이라는 점 말고도 추가 공통점이 있었습니다."

"공통점?"

"그렇습니다. 열여덟 명 전원이 '모두가 평등한 사회'라는 민족 해방파 계열의 이적단체 회원입니다. 우리는 단순히 특이하다는 수준을 넘은 여성 접대부들의 개인 이력과 그들이 유흥업소 접대부로 일을 계속하면서도 꾸준히 해당 이적 단체의 모임을 하고 활동을 한다는 점을 주시해야 합니다. 또한, 약 4개월 전, 박 대위의 요청에 따라서 가동된 지역 기무 부대 동향 보고조에 따르면 플라밍고 사장이 운영하는 유흥주점이 77사단사령부 말고도 경기도 지역까지 전방 부대 주변으로 전부 여섯 곳에 이른다는 첩보도 있습니다."

"그럼 사장이 이번 사건의 주범인가?"

"현재까지 파악된 사항으로는 정확한 판단이 어렵습니다. 이미 사장과 관리자 두 명에 대한 신원조회를 경찰을 통하여 확인하였으나 국가보안법은 물론 일반 범죄 경력도 전혀 없었습니다. 또한, 종업원들이 참여하고 있는 이적 단체와의 연관성도 현재까지는 찾지 못했습니다."

"그러면 지체할 거 없이 국정원이나 경찰에 통보해서 일단 여자들부터 이적단체 구성 행위로 모두 잡아들이면 되잖아. 그러고 나서 강도 높은 수사를 하면 나머지 사항도 다 파악이 가능할 거 아니야?"

"어떤 단체든 구심점이 있어야 조직이 운영되는 것이네. 현재까지 혐의점을 발견하지 못했다고 해서 소홀해서는 안 되고 섣불리 행동에 나서서도 안 되네. 내가 볼 때는 4년이 넘는 기간 동안 꾸준히 인원이 늘어나고 잘 유지가 되었다는 점을 간과해서는 안 될 것이야. 그리고 우리가 가장 중점적으로 살펴봐야 할 점은 그들이 무려 4년이 넘는 기간 동안 우리 77사단 장병들을 대상으로 군 정보 수집 활동과 같은 공작 경위가 있었는지를 파악해야 한다는 것이네. 사령관님! 일단 현 시각부로 우리 사령부 대공 수사단에서 탐문 조를 편성하여 사장과 혐의자들을 24시간 밀착 감시하도록 하고 이적단체에 가입된 종업원들이 실제로 장병들을 대상으로 공작 활동을 한 정황이 있는지를 탐문해야 합니다. 추가로 사장과 중간 관리자들에 대한 신원 자료를 정보사령부에 넘겨서 북한측 인사와 관련성은 없는지 확인하도록 하는 것이 좋을 듯합니다."

"그래요. 그러면 7처장 말씀대로 진행해봅시다. 정보사령부에는 내가 직접 전화를 넣어 놓겠습니다. 그런데 오늘의 이 성과의 주인공인 박치환 대위는 어디에 있나?"

"박치환 대위는 현재 사령부 안가에서 대기 중입니다. 사건이 마무리

되면 다시 팀에 합류시킬 예정입니다."

5처장의 대답에 기무사령관은 의아해하며 추가 질문을 던진다.

"아니 벌써 분리시킬 필요가 있나요? 아직 아무런 징후도 식별이 되지 않은 상태에서 처음 사건의 용의점을 파악한 책임자를 제외하는 조치는 과도하다고 판단이 되는데……"

5처장이 잠시 머뭇거리던 사이 부채꼴 라인의 뒤편에 앉아 있던 김충경 중사가 자리에서 일어나 기무사령관의 궁금증을 풀어준다.

"대공수사단 제3분과 중사 김충경입니다. 네. 현재까지 박 대위를 위협하는 요소도 플라밍고의 직접적인 대북 연관성도 파악된 것은 아닙니다. 그러나 박 대위가 최초 특이점을 발견한 유흥주점 접대부와 현재 연인관계로 발전한 상태라 심리적으로 부담이 될 것이라 예상됩니다."

"음, 보호의 목적이 아니라 방해를 차단하려는 조치다? 알았네. 김충경 중사! 자네가 이번 사건을 끝까지 책임지고 처리하게."

기무사령관이 회의실을 떠나자 3처장과 7처장이 따라서 퇴장한다. 5처장이 굳은 얼굴로 자리를 떠나지 않자 나머지 운영과장을 비롯한 영관급 장교들이 눈치를 보며 회의실에 머물고 있다.

"저기 처장님!"

"그래 다들 나가 보게."

대령 이하의 고급 장교들을 따라 회의실 밖으로 향하는 김충경 중사를 5처장이 불러 세운다.

"김 중사!"

"네. 처장님."

"나는 김충경 중사가 더는 소탐대실(小貪大失)하지 않았으면 좋겠네. 조금 전 사령관님께 드린 말은 누구를 위한 답변이었는지 스스로 고민해

보기 바라네."

　김 중사는 5처장이 회의실을 나간 한참 후에도 움직이지 못하고 멍하니 선 채로 홀로 남아 있었다.

　어항 속 금붕어는 외부의 시선을 인지하는가? 자신의 일거수일투족이 매 순간 관찰되는 현실을 망각하는 자는 어리석다. 높은 곳에서 너의 바닥 깊은 곳까지 투명하게 꿰뚫는 눈을 항상 의식하고 두려워하라. 당신은 당신을 온전히 숨길 수 없다.

원했던 전개

대도시의 화려한 마천루와 대조를 이루는 낡은 2층 건물에 자리 잡은 드림상사가 있다. 드림상사는 정보사령부 예하 해외 정보 분석국으로 진지한 표정의 1처 정보 수집실 대령 분석 실장과 소령 팀장이 기무 사령부로부터 요청받은 인물들에 대한 인적 사항을 살펴보고 있다.

"기무사에서 받은 정보는 이게 다야?"
"네. 일반 신원조회 정보와 기무사령부 수사자료가 전부입니다."
"플라밍고 사장, 김명수 58세, 인천 출생, 중학교 졸업, 해외 출국 사례 전혀 없습니다."
"뭐야. 무슨 이런 사람을 조사해달라는 거야? 딱 봐도 그냥 유흥업소 포주구만. 그리고 다음 관리자는?"
"중간 관리자 한 명이 아들이네요. 김민혁 29세, 지방 4년제 중어중문학과 졸업, 1999년 중국 상해 복단대학교 교환학생 1년, 그리고 6개월 더 중국에서 공부하고 2001년에 귀국했고, 군대 다녀온 후 2003년 이후로 현재까지 8회 중국을 다녀왔는데 8회 모두 상해가 아니라 랴오닝

성의 단둥시를 다녀왔습니다."

"이 친구는 확실히 조사가 필요해 보이네. 요즘 중국 교환 학생이고 어학연수고 누구나 다 가지만……. 이후에 관광지도 아닌 다른 지역을 찾는다? 그런데 그곳이 동북아에서 국제 정보 요원들의 첩보전이 가장 치열한 중국과 북한의 접경 지역인 단둥시다. 무언가 있어. 그리고 나머지 한 명은?"

"이성진, 김해 출생, 28세이고 김민혁과 같은 대학교인데 과는 다르네요. 둘은 가까운 친구 사이로 보입니다. 처음 유흥주점이 문을 열었을 때부터 같이 했습니다. 이 친구도 2005년에 일본을 한 번 다녀오기는 했는데 여행 목적으로 보입니다."

"오케이, 알았고, 담배인삼공사 중국 북부 지사쪽에 세 명 전부 다 정보 의뢰하고 특히 김민혁에 대해서는 좀 더 깊게 확인해달라고 요청해봐."

"네, 알겠습니다."

실장으로부터 임무를 부여받은 분석 팀장은 곧장 연락실로 향한다. 두꺼운 철문으로 가로막혀 있는 연락실 앞에 도착해서 로마의 산타 마리아 인 코스메딘 성당의 '진실의 입'을 연상시키는 녹색 불빛이 나오는 기계에 손을 넣는다. 윙하는 소리와 함께 분석 팀장의 손등을 스캔하며 기존에 등록되어 있던 분석 팀장의 피부조직 구조와 일치하는지 확인한다. 두꺼운 철문이 안쪽으로 개방되며 분석 팀장의 입장을 허용한다. 10여 평 남짓의 연락실 안에는 상황 업무를 보던 연락장교 두 명 중 선임 장교 한 명이 경례를 한다.

"어, 고생들 많다. 담배인삼공사 북부 지사장님과 통화하고 싶은데."

"혹시 따로 보내실 자료도 있으십니까?"

"그래 여기 파일도 같이 송부 부탁한다."

"일단 전화부터 연결해 드리겠습니다."

휴대 전화가 여러 대 놓인 한쪽 벽면에서 중위 계급의 장교가 그중 하나를 들어 패드의 숫자를 누른다.

"전무님, 잘 지내셨어요? 드림상사에서 전화 드렸습니다. 저희 영업 담당 과장님께서 통화하시고 싶어 하십니다. 네 알겠습니다."

중위는 전화를 마친 후, 그 전화를 분석 팀장에게 내민다.

"5분 후에 전화가 올 겁니다. 저쪽 방음 유리 박스에서 통화하시고 통화 끝나는 대로 전화기는 유리 박스 안에 놓인 분쇄기에 버려 주시면 됩니다."

분석 팀장은 이미 수십 번 넘게 반복해온 횟수만큼 똑같은 설명을 여러 번 들어야 한다.

정보 자산의 구축과 정보 획득을 주목적으로 한 군 정보기관인 정보사령부는 여러 출처에서 수집된 군사정보를 분석하고 북한을 포함하여 여러 인접국을 대상으로 첩보 활동을 벌이는 공작부대를 두고 있다. 임무 특성상 보안이 절대적으로 중요하므로 정보사령부 예하 모든 부대는 일반 부대의 부대명이나 계급 체계를 사용하지 않고 일반 법인체의 사업자명과 직위를 빌려 운영한다.

정보사령부 예하 부대 드림상사는 동북아 3개국 즉, 중국, 일본, 북한 인사와 주요 관련 인물에 대한 인적사항 수집 및 파악을 담당하는 부대로 분석 실장인 대령급 지휘관이 부대장으로 편제되어 있으며 중령급 장교들이 3국의 주요 도시에 공기업 지사장으로 위장 파견되어 특수임무 수행 팀장으로서 임무를 수행한다. 각 지사장은 해당국에서 활동하고 있는 블랙 요원들을 여러 분과로 분류하여 점조직 형태로 직접 관리하며 유사시 대한민국 특수요원들의 공작 활동도 지원한다.

"전 과장, 오랜만입니다. 잘 지내고 있어요? 이번에도 북한 수출품에 대한 HS CODE[2] 문의 건인가요?"

"네, 그렇습니다. 상품 정보와 사진은 회사 내부 시스템으로 보내 드리겠습니다. 이번 건은 저희 사장님께서 지급으로 처리해달라고 부탁하셨습니다."

"알았어요. 일주일 안에 확인할게요."

중국 상해 담배인삼공사 북부 지사.

국군 비밀문서 시스템에서 출력된 정보사령부 전달 문건이 '윙' 소리를 내며 프린터를 빠져나온다. 서울 드림상사로부터 서류를 전달받은 대위 계급의 운영 팀장은 고개를 갸우뚱한다.

"지사장님, 여기 세 명에 대해서 어떻게 분류해서 추적해야 할지 기준이 서질 않습니다."

"그래. 김민혁을 제외한 나머지 두 명은 중국 출입 기록조차 없어서 특별한 접점을 찾을 수 없는 상태인데 이 사람들을 대공 혐의자로 특정하기에는 한계가 있어."

턱을 괴고 생각에 잠겨 있던 지사장은 플라밍고 이적단체 사건에 대한 보충 자료를 자세히 읽어 내려 나간다.

"그런데 이 플라밍고라는 유흥업소가 너무 긴 시간 동안 치밀하게 운

---

[2] 대외 무역 거래에서 거래 상품의 종류를 숫자 코드로 분류해 놓은 것.

영되었어. 철없는 대학생들이 작당해서 이적단체 형태로 관리자들 모르게 군부대를 대상으로 정보 획득까지 하는 것은 불가능해. 분명히 여기 세 명 중 중심축이 되는 인물이 있어."

"그러면 일단 드림상사 의견대로 김민혁부터 확인을 해보는 것이 좋지 않겠습니까?"

위관 장교 시절부터 정보사령부에 차출되어 15년 넘게 해외에서 블랙 요원으로 임무 수행한 지사장은 자신의 감각이 가리키는 대로 방향을 정한다.

"김 과장! 상해 35호실 에이전트와 접촉 가능한 블랙 요원이 7분과에 있지?"

"서 대리가 조선족 에이전트와 네트워크가 있습니다."

세계 금융의 중심지이자 국제 상업도시인 중국 상해. 하늘 높이 뻗은 수많은 빌딩이 뿜어내는 인공빛이 마구 뒤섞여 만들어낸 휘황찬란한 야경을 뒤로하고 10여 분을 차를 타고 가자 짙은 어두움이 그림자처럼 드리우는 골목길이 모습을 드러낸다. 소형차에서 남자 두 명이 내리자 후미진 골목 어귀에서 검정 코트를 보호색 삼아 암흑 속에 자신을 숨기고 있던 왜소한 남자가 북한 말투로 질문을 던진다.

"어떻게 오셨습네까?"

"네. 약속을 드렸습니다. 강 부부장님을 만나 뵈러 왔습니다."

"잠시만 기다리시오."

조선노동당 산하 35호실 상해 분석국 앞을 지키던 조그마한 남자가 자신의 품속 휴대 전화를 꺼내 누군가와 짧게 통화하자 식당 뒷문처럼 보이던 작고 초라한 입구가 열린다. 그들이 들어선 건물 내부는 좁은 문과는 대비되는 높은 천장에 둥글고 넓게 펼쳐진 공간으로 흡사 고대 유럽의 성당을 연상시킨다. 그들을 건물 내부로 안내한 왜소한 남자는 코드를 벗어 겨울 앙상한 나뭇가지처럼 서 있는 옷걸이에 코드를 건다.

"네. 이미 연락을 득해서 알고 있었는데 통과 절차가 있어서 실례를 범했습니다. 내가 바로 분석국 강창식이오."

35호실 예하 분석국 강창식 제1부부장은 자신의 갑작스러운 자백에 당황스러워하는 남자들을 보고 호탕하게 웃으며 1인용 소파에 앉는다.

"자, 두 분 다 여기 앉으시고 딱 보니깐 여기 나이가 있어 보이는 동무가 조선무역 김 사장님이시고 여기는······."

"네, 담배인삼공사에 서 대리님입니다."

제7분과에 포섭된 조선족 출신 북한 에이전트 김 사장은 담배인삼공사 북부 지사 서 대리를 소개한다.

"내래 빙 돌아가는 성격이 못돼서. 본론부터 말씀하시오."

서 대리가 서류 가방에서 노란색 봉투를 꺼내서 강 부장 앞에 놓여 있는 무릎 높이만 한 소파 테이블 위에 올려놓는다. 봉투의 끝을 뜯어 내용물을 확인한 35호실 분석국 책임자는 서 대리를 쳐다보며 자신의 조건을 간단명료하게 전달한다.

"그냥 알아만 보는데 한 명당 미 딸라로 만 불씩 주시오! 그리고 성과가 있으면 5만 딸라씩 주시오! 내가 내 목숨이랑 가족 목숨까지 내놓고 하는 짓인데 이 만큼은 주셔야겠소. 조건이 싫으면 마시고."

자신과 강 부부장을 번갈아 보며 불안해하는 김 사장의 무릎을 잡으며 문제없다는 신호를 보낸 후 서 대리 역시 강단 있는 말투로 자신이 원하는 바를 말한다.

"돈이야 획득된 정보의 가치에 따라 원하시는 만큼 맞춰 드릴 수가 있습니다. 그런데 세 명이 북한과 아무런 관련이 없으면 그 정보가 사실인지 제가 어떻게 믿을 수 있죠?"

강 부부장은 서 대리의 도발에도 불쾌함을 드러내지 않고 안정된 톤으로 자신의 이야기를 이어간다.

"서 대리라고 했소? 내 비록 가진 것이 빈약하여 비겁한 장사를 하고 있지만, 이 짓을 10년 넘게, 서 대리가 도시락 가방 들고 학교 다니던 시절부터 해왔소. 어떻게 현재까지 할 수 있었겠소? 여기 내가 직접 관리하는 35호실뿐만 아니라 대외연락부 해외 담당과에도 연줄이 있어서 이중 삼중으로 훑어내서 찾아볼 것이니 한번 믿음을 주시오. 원래 장사든 만남이든 다 믿음으로 시작하는 것 아니겠소?"

서울 기무사령부 소속 송파구 안전 가옥. 검은색 고급 세단이 한적한 주택가 집 앞에 멈춰 선다. 차 뒷좌석에서 중년의 신사가 내리자 출입문 앞에서 대기하던 정장 차림의 젊은 남자 두 명이 그를 철문 안쪽으로 안내한다. 돌계단 주변으로 잘 가꿔놓은 정원이 1990년대에 한참 유행하던 고급 요정을 떠올리게 한다. 두 개 층의 고급스러운 주택 안으로 들어가자 서너 명의 건장한 남자들이 중년의 남자에게 고개를 숙인다.

"아직도 식사를 거부하고 있나?"

"네. 여기 오신 이후로 지금까지 이틀 동안 물 이외에 아무것도 먹지 않고 있습니다."

굳은 표정의 중년의 남자는 사춘기 자녀의 방을 두드리듯 조심스럽게 노크를 하고 방문을 연다. 너무나 초췌해진 얼굴로 침대에 누워서 천장을 바라보던 박치환 대위가 5처장과 눈이 마주치자마자 자리에서 벌떡 일어나 애원하는 눈빛으로 다가온다.

"처장님, 분명히 오해가 있을 겁니다. 저에게 시간을 주십시오. 제가 나가서 직접 확인을 해보겠습니다."

"너 지금 뭐 하는 거야? 지금 이 상황이 박 대위 개인적인 문제인 줄 알아? 김 중사가 확인한 내용은 모두 사실이야. 이미 그 여자들 실체는 드러난 상태야. 그리고 너한테도 의도적으로 접근한 거고!"

"아닙니다. 절대 그럴 리가 없습니다. 뭔가 이유가 있을 겁니다. 제발 저를 내보내 주십시오."

'철썩!'

5처장이 휘두르는 손이 박 대위의 왼쪽 뺨에 그대로 부딪히며 박 대위가 넘어진다. 평소 부하에게 말 한 마디도 함부로 하지 않았던 상급 지휘관의 폭력은 멈추지 않는다. 5처장은 박 대위의 멱살을 잡고 일으킨 뒤 노려보며 마지막 경고의 메시지를 던진다.

"내가 너한테 해줄 수 있는 한계는 여기까지다. 너를 보호하기 위해서 상급 지휘관에게 내 양심을 팔고 허위보고를 했다. 더는 경거망동(輕擧妄動)하지 말고 조용히 있어. 이미 플라밍고 접대부 일부가 77사단 간부들과 교제하면서 비밀문건을 빼낸 정황도 확인이 돼서 조사 중이다. 네가 만났던 여자도 의도가 있어서 너한테 접근한 거야! 지금 사안의 크기가 확정되지 않아서 기다리고 있을 뿐이지 조만간에 모두 다 체포돼서 처벌 받을 거다. 내가 부를 때까지 얌전히 여기 있어."

5처장은 뒤에서 자신을 애타게 부르는 박치환 대위를 외면한 채 방을 나선다.

미국 라스베이거스 사막 한가운데에서 거대한 꿈을 실현한 뉴욕 마피아 벅시 시걸, 그가 사랑한 여인의 이름을 딴 라스베이거스 최초의 카지노 호텔 플라밍고. 하지만 정작 플라밍고는 자신을 한없이 믿고 사랑한 벅시 시걸을 배반한다. 결국, 그 둘은 비극으로 생을 마감한다.

운명의 시작

 경기남부경찰청 정보과장실, 총경 계급의 정보과장은 석대오 경감이 과장실로 들어오자마자 서류 뭉치를 집어던진다. 석 경감은 영문도 모른 채 자신 바로 앞에 던져져 바닥에 흐트러진 문서 더미를 멍하니 쳐다본다.
 "야! 석대오! 너는 소속이 어디야? 네가 경찰이지 군바리 뒤치다꺼리 하는 놈이야?"
 "혹시 강원도 군부대 유흥주점 사건 때문입니까? 어떻게 아셨습니까? 아직 정식으로 진행된 사안이 아닌 것으로 알고 있습니다."
 "그래 인마! 이적단체 사건! 그리고 무슨 시작이 안 돼? 일주일 전에 기무사령부에서 보낸 협조 공문이 강원지방청으로 들어와서 혐의자들 신원조회하다가 3주 전에 네가 국과수에 요청해서 결과 확인한 리스트 보고 강원청 보안과장이 전화했더라. 어떻게 된 거냐고. 내가 아는 것이 있어야지! 서울대학교에다가 공문도 보내고 혼자 생쇼를 다 해놓고 지 상관한테 말 한마디 없고 너 도대체 뭐 하는 놈이야?"
 "그럴리가 없습니다. 기무사 형님이 아직 진행 중이라고 조금만 기다려

달라고 해서 잠시 보류한 사항입니다. 당연히 보고 드리려고 했습니다."
 석대오 경감은 극도로 흥분한 상태에서 지난 한 달간의 자신의 여정과 김 중사와 합의했던 내용에 대해서 한참 동안 설명한다.
 "야, 이 바보 같은 놈아! 이 황금 같은 기회를 같은 경찰 조직도 아니고 경쟁 조직인 기무사에 뺏기는 놈이 어디 있냐? 네가 초등학생도 아니고 세상 물정을 알 만한 놈이! 일단 너나 우리는 전혀 관여한 적이 없는 것으로 강원지방청에 연락해 놓았으니까 크게 문제는 안 될 거다. 3부장님께는 오해하시지 않도록 잘 말씀드릴 테니까 더 이 일에 끼어들지 말고 잠시 쉬고 와라. 그리고 그 기무사 김 중사라는 새끼는 아주 질이 안 좋은 놈이구먼."
 김충경 중사에 대한 정보과장의 평가 한 마디가 귓전을 계속 맴돈다. 그 매스꺼운 석 경감 마음속 메아리는 자신의 전화를 피하는 김 중사의 계획된 파렴치함에 더욱더 증폭된다.

 과천 기무사령부 제3분과 사무실, 이미 산더미처럼 쌓여 김충경 중사 책상을 차지하고 있는 서류들 위로 인천지방 경찰청 보안 수사대에서 회신해온 플라밍고 사장에 대한 서류 뭉치가 블록쌓기를 하듯 덧올려진다. 김 중사는 깊은 한숨을 쉬고 서류 뭉치들을 뒤적이며 리스트를 확인한다.

 2002년 김명수 환자 병원(수술) 진료 기록.
 '내가 이것도 요청했었나? 내가 쓸데없이 이것저것 너무 많이 달라고 했네. 나라도 협조해 주기 싫겠다.'
 김 중사는 호기심이 들어 서류철을 열고 세부 내용을 확인한다.

1. 초진 : 2002년 3월 17일/가슴 통증 호소/담당의 : 호흡기 내과 구교승 교수
    1) 환자 내원 사유(의견) : 가슴이 답답하고 꽉 막힌 느낌이 듦
    2) 조치 내용 : X-Ray 검사 시, 종양으로 확인되는 혹 발견. 혈액 검사 및 조직검사 시행, 진통제 처방
    3) 진료 계획 : 3일 후, 조직 검사 결과 여부에 따라 진료 방향 설정
    4) 담당의 의견 : 종양의 위치 및 크기를 판정했을 때, 악성으로 예상됨(미통보)

2. 재진 : 2002년 3월 20일/폐암 4기 확진/담당의 : 호흡기 내과 구교승 교수
    1) 조치 내용 : 환자 암 병동 입원, 항암 치료 및 제거 수술 계획 설정
    (1) 3월 25일 : 전신 마취 수술 → 전신으로 악성종양 전이. 수술 효과 미비(항암 치료 병행)
    (2) 4월 30일 : 환자 의지에 따른 퇴원 절차 → 자택으로 후송
    2) 담당의 의견 : 회복 가능성 극히 낮음

 한 사람의 인생에서 절대적으로 아픈 순간에 대한 묘사가 건조한 글자체로 간략하게 정리되어 있는 종이를 보자니 한없이 서글프다. 김 중사는 자리에서 일어나 천천히 창가쪽으로 이동한다. 창문 밖으로 깔끔하게 정리되어 있는 정원이 보인다. 잠시 인간적인 상념에 빠졌던 김 중사는 다시 자신을 독려한다.
 '나는 달리는 호랑이 등에 탔다. 이미 여러 사람의 신의를 저버린 상태에서 성과를 내지 못하면 나는 모든 것을 잃는다. 정신 차리자!'
 김명수의 병원 기록철을 덮고 한쪽으로 치우려다 문득 합리적인 의문이 든다.
 '아니, 5년 전 온몸으로 암이 퍼져서 치료를 포기했던 사람이 이렇게까

지 건강을 회복해서 술집 사장을 한다고?'

상해 담배인삼공사 북부 지사.
"지사장님! 서 대리가 35호실 강 부부장과 현재 미팅 중인데 추가 금액을 요구한다고 연락이 왔습니다. 진짜 웃기는 놈입니다. 본인이 제시한 금액 5만 불대로 하기로 해놓고 참 어이가 없습니다."
운영 팀장은 자신이 예상한 바와 다르게 차분하게 생각에 잠겨 있는 지사장을 보고 화를 더 내려다 입을 다문다.
"음, 정보를 넘겨주기로 한 자리에서 갑자기 추가 금액을 요구한다? 얼마를 더 달라는 거야?"
"그것이 조금 이상한데 플라밍고 사장인 김명수 조회 결과에 대해서 5만 불을 추가해서 10만 불을 달라고 하고 나머지 인원은 기존과 같이 5만 불을 요구하였습니다."
"그래? 그럼 제시한 금액대로 해준다고 해. 아무래도 그쪽에서 피라미를 잡으려다 월척을 낚은 것 같다. 역시 소문대로 35호실 정보력은 대단하구먼. 하하."
호기롭게 웃으며 책상에서 일어나 담배를 무는 지사장의 모습에 운영 팀장은 의아한 얼굴로 멍하니 있을 뿐이다.

밤 11시가 넘은 시각, 지하 벙커 회의실. 기무사령부 지휘통제실장에 의해서 위기 조치반이 소집된다. 기무사령관과 각 처장 등 주요 직위자와 사령부 간부들이 회의실에 모였고 강원도 군부대 지역 기무부대장들은 화상 시스템에 연결되어 비상 회의에 참석했다.
정보 사령부로부터 회신받은 플라밍고 이적단체 사건 관련자들에 대한 신원조회 결과가 다섯 장 짜리 보고서와 함께 중령 계급의 기무사 지휘통제실장에 의해 브리핑된다.

"금일 저녁 22시 35분에 정보사로부터 접수된 기무 75-64마, 민간방첩 사건의 혐의자인 플라밍고 사장과 관리자 두 명의 대북 관련성에 대해 보고 드립니다. 결론부터 말하자면 이들은 북한 조선노동당 소속의 고위 고정간첩과 북한에 포섭된 공작원들입니다. 플라밍고 사장으로 위장한 가명 김명수, 실명 리철용은 조선 노동당 39호실 120여 개의 외화 획득 핵심 공장을 총괄하는 제1부부장입니다."

순간 회의실이 술렁인다. 수없이 많은 대공 사건, 군 내 비리, 민감 정보를 접하고 다뤄왔던 기무사 간부들이 놀라고 당황할 정도로 사안이 중대하다는 사실을 평소와는 다른 그들의 반응에서 유추할 수 있다.

"무슨 소리야? 플라밍고 사장은 한국에서만 살았고 해외에 나가본 적도 없는데 어떻게 북한 노동당 소속의 고위직 간첩일 수가 있어? 전혀 앞뒤가 안 맞잖아!"

"3처장! 일단 다 들어보고 질문은 나중에 합시다. 계속하게."

평소 궁금한 것을 참지 못하는 3처장의 성격을 이해해주던 기무사령관은 흐름을 막는 그의 일상적인 무례함을 이 순간만큼은 굳은 표정을 지으며 용납하지 않는다.

"네. 2000년대 들어 북한의 핵 개발로 인해 미국과 유엔의 대북제재 움직임이 가시화되는 상황에서 사업 수완이 탁월하고 출신성분이 확실한 노동당 간부를 통해 자금 확보와 공작 활동을 동시에 할 목적으로 2002년에 리철용이 남파되었습니다. 특히 2006년 10월 유엔의 1718호 대북결의안이 채택되고 대북제재가 본격화되어 자금줄이 조여 오면서 당시 플라밍고만 소유했던 리철용이 갑자기 무리하게 전방 여러 곳으로 유흥업소 확장을 시도한 정황 역시, 당시 상황과 같은 맥락에서 풀이가 됩니다. 플라밍고 중간 관리자 김민혁은 2000년 초에 중국 상해 유학 시 노동당 대외연락부 해외 담당과 소속 북한 요원에 의해서 전향되어 6개월간 공작 교육을 받고 다시 한국으로 귀국하여 입대 후부터 공작원으로 활동을 해왔고, 2003년에 고정간첩 리철용과 함께 플라밍고를 개업하고 여러 차례 중국 단둥시와 한국을 오가며 리철용과 39호실 사이의 교량 역할을 해왔습니다. 그리고 나머지 중간관리자 이성진은 보시는 자료와 같이 김민혁이 끌어들여 노동당에 가입시킨 인원으로 기보고 드렸던 민족 해방파 계열 이적단체의 청년회장으로 대학교 동아리 활동으로 위장하여 플라밍고의 여성 접대부들을 모집해 왔습니다."

"그래. 대략적인 틀은 알겠고. 남파 간첩인 리철용은 어떻게 김민혁의 부친인 김명수가 되었고 진짜 김명수는 어디 있어?"

지휘통제실장은 단상 뒤쪽에 앉아 있는 담당 대공수사관을 가리키며 바통을 넘긴다.

"해당 사항은 대공수사단 제3분과 김충경 중사가 답변 드리겠습니다."

김충경 중사는 하루 전, 인천 지방경찰청에서 수사 협조받은 김명수 병원 기록을 대형 화면에 띄운다.

"우선 배포된 보고 자료의 마지막 장에 나와 있는 2002년 1월 리철용이 한국에 침투한 경로를 참고해 주십시오. 2002년 1월 4일 리철용은 남포에서 새벽에 어선을 타고 공해상을 통해 거제도 인근 해상으로 이동 후, 1월 7일 반잠수정으로 환승 후에 거제도 해안 침투에 성공합니다. 이후에 거제도에서 활동하고 있는 고정간첩과 접선하여 3개월 정도 적응 기간을 거치고 인천에서 김민혁과 만납니다. 여기까지가 저희가 정보사로부터 받은 첩보입니다."

김 중사는 짧은 순간 마음을 가다듬은 후 발표를 계속 이어간다.

"여기 화면은 김민혁의 부친인 김명수의 병원 진료 기록입니다. 2002년 폐암 4기로 판정되어 수술을 받았으나 온몸으로 전이된 암으로 인해서 시한부 선고를 받았습니다. 그러나 5년이 지난 지금까지 멀쩡히 살아서 유흥업소까지 운영하고 있습니다."

"그럼, 김민혁은 아버지의 죽음을 숨기고 북한 간첩 리철용을 아버지로 둔갑시켰다는 말이군!"

"저희도 그렇게 추정하고 있습니다."

가볍게 책상을 치며 감탄하던 기무사령관이 김 중사 쪽을 쳐다보며 만족스러운 표정으로 손뼉을 치자 회의실에 참석했던 모든 인원이 따라서 손뼉을 친다.

"오케이! 그럼 합리적인 결론을 도출했으니 바로 이들을 잡아들입시다! 5처장! 어떻게 하면 좋겠소? 경찰이나 국정원에 지원 협조 요청할 필요 없이 우리가 직접 사단 헌병 특임대를 움직여서 일망타진하고 싶은데 문제 없겠소?"

"네. 일단 이번 사건은 우리 군에 간첩이 직접 침투한 사안으로 우리가 주도적으로 조치를 해야 합니다. 일전에 이적 행위가 식별된 여성 접대부 열여덟 명과 리철용 및 그 잔당들을 병력을 투입하여 동시에 체포해야 합니다."

흐뭇한 표정의 기무사령관은 단상 뒤쪽의 김충경 중사를 가리킨다.

"김 중사! UH-1[3]내어 줄 테니 현 시각부로 강원도 인제로 날아가서 사단 헌병대 특수임무대와 협조해서 현장에서 사건을 직접 종료시키게."

---

[3] 3성 장군 이상의 장성급 장교에 지급되는 이동용 군용 헬기.

같은 시각, 플라밍고 사장과 중간 관리자를 추적하고 있던 대공 수사단 탐문 1조의 중사 계급 조장과 하사 팀원은 플라밍고 맞은편 주차장 구석에 서서 담배를 피운다.

"강 중사님, 2주 넘게 쫓아다니고 해도 전혀 수상한 것이 없는데요. 저쪽 2조 숙소 탐문조도 그냥 술집 아가씨들이지 특별한 것은 없다고 하는데 우리 괜히 삽질하는 거 아닙니까?"

"그러게. 그냥 술집 사장이랑 마담들 같은데 2주씩이나 집에도 못 들어가고 뭐 하는지 모르겠다. 요즘은 내가 강력계 형사보다 더 잠복근무를 많이 하는 것 같아."

탐문 1조 조장은 자신의 안쪽 주머니에서 울어대는 진동을 확인하고 전화기 폴더를 열어젖힌다.

"강 중사! 현재까지 특이사항 없나?"

평소 목소리와 다르게 떨리고 상기된 음성으로 특이사항을 묻는 기무사 지휘통제실장의 목소리에 탐문조 강중사가 되묻는다.

"네. 현재까지 영업 중이고 특이사항 없습니다. 그런데 실장님 무슨 일 있으십니까?"

"강 중사 놀라지 말고 잘 듣게. 플라밍고 사장은 거물급 북한 간첩이야. 한두 시간 이내로 77사단 헌병 특임대가 투입될 거야. 자네 팀도 너무 가까이 붙어 있지 말고 작전이 개시되기 전까지 기도비닉(企圖秘匿)[4] 잘 유지하고 감시하고 있어."

2주 가까이 밀착감시를 했지만 아무런 단서를 잡지 못했던 상황에서 기무사령부로부터 전달받은 뜻밖의 정보는 강 중사를 두렵게 만들었다.

---

4) 기밀 및 보안을 유지한 채로 적에게 발각되지 않고 임무를 완수한다는 의미의 군사 용어

"정 하사! 여기 놈들 진짜 간첩이야. 조금 있으면 우리 병력이 투입돼서 직접……."

순간 뒤에서 누군가 강 중사의 목을 잡는다. 재빨리 몸을 낮추고 팔을 꺾자 상대방은 고통스러운 비명을 지른다.

"으악!"

잔뜩 술에 취한 30대 후반의 남자가 팔이 꺾인 채로 소리를 지르며 자리에 털썩 주저앉고서는 토사물을 쏟아낸다.

"어, 죄송합니다. 제가 사람을 착각했습니다."

강 중사와 정 하사는 본의 아니게 공격을 했던 낯선 취객에게 짧게 사과를 건네고 그 자리를 황급히 벗어나 대기하던 차로 몸을 감춘다. 너무 긴장한 탓인지 한겨울인데도 두 사람 몸에 땀이 흥건하다.

"정 하사, 덥다. 창문 좀 내려. 정 하사!"

운전석에 앉아 있던 정 하사는 자신의 오른손으로 오른쪽 턱 밑을 잡은 상태에서 강 중사를 바라본다. 정 하사가 부여잡은 턱 밑으로 울컥울컥 피가 심장 박동에 맞춰 쏟아져 나온다.

"정 하사……"

"억!"

이내 7cm의 칼날이 강 중사의 왼쪽 턱 밑의 목 아래를 관통하여 경동맥을 잘라낸다. 부르르 몸을 떨던 강 중사 역시 차 뒷좌석에 숨어 있던 북한 남파 간첩 리철용의 손에 수분 내로 숨을 거둔다.

UH-1 군용 헬기가 자정에 가까운 시간에 요란한 굉음과 모래바람을 일으키며 헌병대 연병장에 내려앉는다. 미리 대기하고 있던 소령 계급의 헌병 운영과장과 중위 계급의 작전 장교가 김충경 중사와 나머지 일행을 정중하게 맞아들인다. 지난해 6월, 도를 넘은 박치환 대위의 당당함에 쓴웃음을 짓던 김 중사 역시 판에 박은 듯 권위 의식을 답습한다.

"김충경 중사, 연락받았습니다. 일단 저희 대장님이 기다리고 계시니……."

"운영과장님, 지금 제가 헌병대장님 뵙고 느긋하게 차 마실 시간이 없습니다. 지금 특수임무대는 출동 준비 완료되었습니까?"

"네. 그럼 저쪽 물자 창고쪽으로 가시죠."

흔히 '60트럭'이라고 부르는 군용 중형 트럭 짐칸 양옆으로 10여 명씩 20여 명의 특수임무대 병사들이 보호 장구와 실탄으로 완전무장한 채로 앉아 있다. 20대 초반의 장정들은 비장한 얼굴로 전투 준비 태세가 완료된 상태이다.

"운영 과장님! 타격 작전 계획은 모두 숙지가 되었습니까?"

"물론입니다. 총 네 개 팀으로 나누어 한 개 팀은 양쪽 출입구 및 도주로를 차단하고 두 개 팀이 타격 및 체포 임무를 수행할 예정이고 한 개 팀은 예비조로 운용 예정입니다. 여기 있는 이 중위가 타격 대장입니다."

김충경 중사가 특수임무대 병력이 앉아 있는 트럭에 오른다. 모든 인원이 자신을 지켜볼 수 있도록 가장 안쪽으로 자리한 김 중사는 헬기 이동간 준비했던 멘트를 오래 품어온 신념인 마냥 떠들어댄다.

"지금은 훈련이 아닌 실전이다! 금일 우리가 타격해야 할 인원 중에 고도로 훈련된 간첩도 포함이 되어 있다. 그러나 두려워하지 마라! 여러분 옆의 전우를 믿고 피해 없이 임무 완수하기 바란다!"

김충경 중사 일행과 헌병대 운영과장을 태운 헌병 호송차가 출발하자 뒤이어 헌병 특수 임무대 병사를 태운 군용 트럭이 거친 엔진음을 내며 뒤따른다.

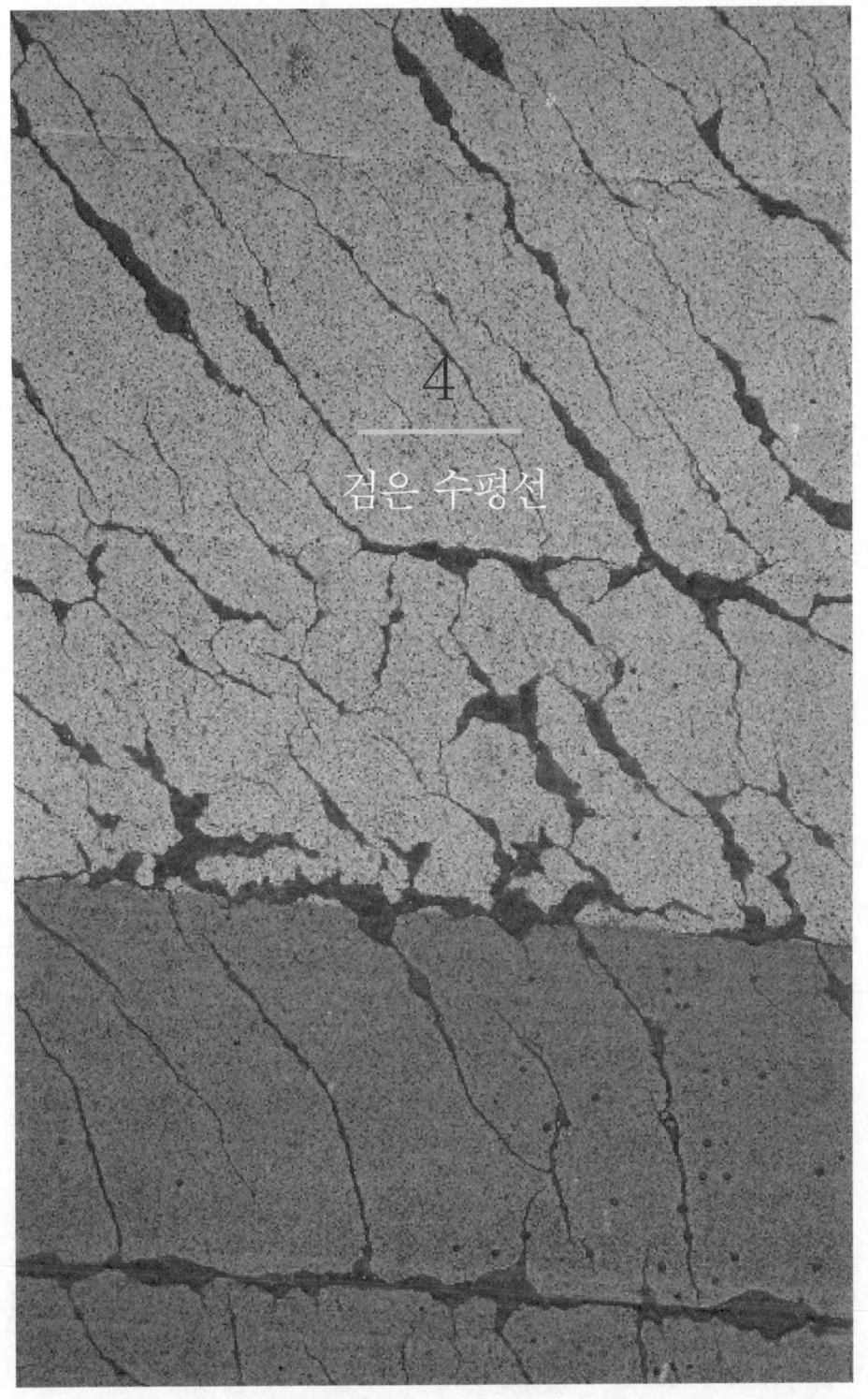

4

검은 수평선

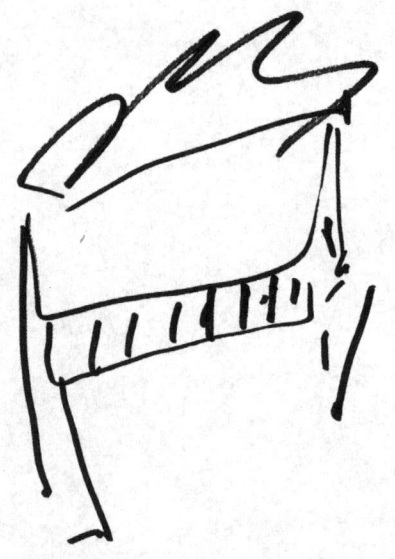

도돌이표

바람을 타고 날아간다.
야비함을 싣고 날아간다.

저 멀리 날아간다.
비열함을 싣고 날아간다.

더 멀리 날아간다.
교활함을 싣고 날아간다.

검고 검은 수평선 뒤로 날아간다.

그러나 너희들의 빈자리에 공허함은
결국 너희들의 회귀를 부른다.

다시, 검은색 쳇바퀴는 멈추질 않는다.

또 다른 전환

 야심한 밤 산골의 굴곡진 도로를 따라 10여 분 달린 군용차량 두 대가 플라밍고 200m 후방에 멈춰 선다. 탑승자들은 지휘자의 수신호에 따라 훈련한 대로 일사불란하게 하차하며 명령을 받은 대로 대형을 유지한 채 타격 목표에 접근한다. 김충경 중사와 헌병대 운영과장은 호송차 안의 무전기로 그들의 작전 현황을 실시간으로 확인한다.
 "알파는 타격 지점의 출입구를 봉쇄하고 대기하라! 브라보는 정문, 찰리는 후문에 접근하여 진입 및 돌파 준비하라!"
 전형적인 무전기 잡음과 타격 팀장의 지시 명령이 번갈아 가며 스피커를 통해서 흘러나온다.
 "전력 차단! 진입!"
 타격 팀장의 지시와 동시에 플라밍고의 전력이 차단되고 두 개의 출입구로 완전무장 병력이 우르르 쏟아져 들어온다. 자정이 넘은 시간 영업이 종료되고 뒷정리가 한참이던 플라밍고 내부는 전혀 예상하지 못한 군인들의 침입에 놀라, 비명을 지르며 안쪽으로 숨어드는 사람부터 소리도 내지 못한 채 굳어버린 사람까지 가지각색의 모습으로 아비규환이 된다.

정문으로 진입하여 내부를 수색하던 타격 팀장 이 중위가 후문 타격조 찰리에 상황 보고를 요청한다.

"찰리! 상황 보고 하라! 주 타겟 확보했는가?"

"현재 보조 타겟 6명 확보 완료. 주 타겟은 현재까지 미확보."

찰리의 상황 보고가 끝나자마자 브라보와 찰리가 복도 끝 방에서 만난다. 순간 이 중위가 다급한 목소리로 알파를 찾는다.

"알파! 알파! 외부로 탈출한 타겟 있는가?"

"현재까지 외부 탈출 타겟 미식별."

작전 진행 중 작전팀 간의 무전을 방해하지 않는다는 불문율을 깨고 김충경 중사가 끼어든다.

"무슨 소리야? 리철용이 그리고 나머지 두 놈은 어디 갔어?"

플라밍고에 다시 전력이 공급되자 덮여있던 암흑이 걷어지면서 아수라장이 된 내부가 드러난다.

여기저기 술병과 쓰레기가 바닥과 테이블 위에 나뒹굴고, 여성 접대부들이 고개를 숙이고 방구석에 모여 있는 모습이 흡사 뉴스에서 종종 접하던 성매매 단속 현장을 떠오르게 한다. 하지만 그 뒤로 총을 든 채 그들을 감시하는 모습에서 그것과는 크나큰 이질성을 보인다. 보조 타겟으로 분류되었던 여성접대부 전원 체포와 신원이 확보가 되었다는 보고를 받고, 김충경 중사가 플라밍고 내부로 발걸음을 옮긴다. 내부 복도를 지나 그들이 모여 있는 문 앞에 다다라서 문손잡이를 잡으려다 잠시 멈칫한다. 두 달 전 그들과 함께했던 시간이 김 중사의 발목을 잡아당긴다. 새벽 발코니의 차가운 공기와 따뜻한 내부 기온이 유리문으로 갈라지던 그때가 다른 시간 다른 장소에서 재현되는 듯하다.

김충경 중사가 들어선 좁은 공간 안, 불안에 떨던 사람들은 그가 등장하자 마치 깊은 물에 빠져 허우적거리다 한줄기 지푸라기라도 발견한 듯 그에게 애처로운 눈빛을 보낸다. 그들의 애원하는 눈빛을 외면한 채 자신의 목적을 이루기 위한 절차를 밟아 간다.

"김민희 씨, 아니 김지은 씨! 저를 따라오시죠."

얼음장같이 차가운 김 중사의 말 한마디로 희망의 지푸라기는 날카로운 칼날로 변해 심장을 겨눈다. 다섯 명 남짓 들어갈 만한 좁은 방에 김지은을 앉히고 문을 닫자 그녀는 공포를 초월한 슬픈 눈동자로 먼저 질문을 던진다.

"3주 전에 오빠가 갑자기 해외 출장으로 한동안 연락이 안 될 거라고 한 말도 다 이것 때문이었나요? 오빠는 지금 어디 있나요? 그리고 모든 걸 다 알고 있어요?"

김지은의 눈빛을 읽은 김충경 중사는 심문을 하려다 자신의 원하는 바를 얻기 위해 더욱더 잔인하고 야비한 방법으로 김지은에게 다가선다.

"민희 씨, 박 대위님 지금 저희 내부 시설에 감금되어 있어요. 지금까지 민희 씨를 보호하려다가 지금 큰 문제에 직면했습니다. 박 대위님을 구하시려면 플라밍고 사장, 마담 두 명을 빨리 잡아야 합니다. 그 사람들 다 어디 있어요? 시간이 없습니다. 혹시라도 그들을 놓치게 되면 박치환 대위님이 군법에 회부될 수 있어요."

"사장님이 삼 사십 분 전에······."

교활한 수단에 넘어간 김지은이 입을 열려던 차에 둔탁하게 문을 두들기는 소리가 들린다. 결정적인 순간을 방해한 변수에 김충경 중사는 이성을 잃고 소리를 지른다.

"뭐야! 내가 부를 때까지 아무도 들어오지 말라고 했잖아!"

거칠고 조급한 감정이 투명하게 비치는 음성에도 개의치 않는 방해꾼은 김 중사 귀에다가 자신이 전달하고자 한 정보를 들려준다.

"플라밍고 사장을 감시하던 우리 탐문조 두 명이 차 안에서 목에 치명상을 입고 살해되었습니다."

"뭐라고? 우리 요원이 죽었다고?"

구부정한 자세로 김 중사 귀에 속삭이던 간부도 자세를 곧추세우고 같은 톤으로 추가 전달 사항을 전한다.

"그리고 5처장님께서 전화를 기다리십니다."

김 중사는 다급히 자리에서 일어나 밖으로 나간다. 상황을 지켜보던 김지은은 더욱더 깊은 곳으로 침몰하는 현실의 얽매임에 고통스러운 듯 고개를 숙이고 눈물을 흘린다. 그녀의 눈물은 누군가를 향한 참회인가, 아니면 운명의 가혹함에 흘리는 슬픔인가?

바깥으로 홀로 빠져나온 김 중사는 주변의 적막함을 확인하고 곧장 5처장과 통화를 시도한다. 상대방의 목소리가 첫 번째 연결음이 다하기도 전에 들려온다.

"김 중사! 우리 기무사 요원 피해 상황은 인지했나? 작전 실패에 대해서 사령관님께서 우려가 크시네."

"현 시각 부로 모든 사항은 기무사 위기조치반에서 직접 통제할 예정이니 상황 인계하고 서울로 내려가서 내일부터 수도방위사령부 중앙 보안 검열팀에 합류하게."

"처장님 제가 해결할 수 있습니다. 제가 바로 김지은 심문해서 그놈들 어디로 도망갔는지 알아내겠습니다."

"김 중사. 우리 요원 두 명이 제대로 저항도 못하고 북한 간첩 손에 죽었고 지금 이들이 어디로 도주했는지 행방조차 모르고 있네. 자네만 철석같이 믿고 있던 우리 지휘부도 입장이 곤란하게 된 상태야. 이미 장관님까지 보고가 들어갔으니 고집부리지 말고 명령에 따르게."

  경기도 수원 번화가 선술집, 경찰 제복을 입고 난 후 처음으로 긴 휴가를 받은 석대오 경감은 쓴웃음을 짓는다. 경찰 간부의 꿈을 이루고 5년 동안 쉴 틈 없이 앞만 보고 달려왔고 노력한 만큼 능력도 인정받았다. 그러나 무겁게 믿음을 준 동지의 의도된 배신으로 구두 경고를 받아 강제 휴식을 하는 자신 앞에 술 한 잔 같이하며 고민을 나눠 줄 친구가 한 명도 없다는 사실을 깨닫는다. 여기저기 연인과 친구들이 끼리끼리 모여서 웃으며 서로를 다독이는 광경을 보자 발끝에서부터 깊이를 알 수 없는 허무함이 석 경감을 잠식한다. 애써 부러운 장면을 외면하고 소주를 입에 털어 넣다가 박치환 대위를 떠올린다.
  "치환 형님은 지금 얼마나 힘들고 괴로울까? 나라도 힘내자."
  각자의 공간에서 각자의 시간을 보내던 사람들의 시선이 갑자기 가게 안쪽 TV 화면에 집중되면서 가게 내부는 불쾌한 침묵이 자리잡는다. 상황을 파악한 가게 사장은 TV 볼륨을 높여 그 어색한 공간의 틈을 익숙한 뉴스 진행자의 목소리로 메운다.
  "안녕하십니까? 긴급 뉴스 속보입니다. 강원도 인제군 지역에 무장간첩의 탈주로 평시 최고 군 작전 경계태세인 진돗개 하나[1]가 발령되었습니다. 이들은 총 세 명이며 감시하던 기무사 소속 장병 두 명을 살해하고 현재 도주 중입니다. 강원도 인제군 지역 예비군 동원령이 선포되었으며 해당 지역을 지나는 주요 도로가 통제될 예정입니다. 이 시각 국방부 브

---

[1] 적으로부터 국지적 위협 상황이 발생했을 때 발령되는 경보 조치 중 적 침투 행위가 발생하여 대간첩 작전이 전개될 때 발령되는 평시 최고 등급의 경계태세.

리핑실 연결하겠습니다."

파란색 배경으로 국방부 표식과 각 군의 기가 전시된 단상에 선 국방부 대변인은 결의에 찬 모습으로 강도 높게 비판하며 날을 세운다. 국가적인 비상사태에서 군을 대표하는 직업의식을 뛰어넘어 그는 강한 분노를 뿜어낸다.

"이번 비밀작전으로 확인된 유흥업소 위장 간첩단 규모는 북한 고위직 고정간첩 리철용과 공작원 수준의 중간관리자인 김민혁, 이성진 등 두 명 그리고 포섭된 적극 가담자 열여덟 명으로 역대 가장 큰 규모입니다. 우리 군은 이번 북한의 도발에 의연하면서도 엄중하게 대처할 것이며 대한민국을 전복시킬 목적으로 침투하여 우리 군 장병의 생명까지 해한 리철용과 그 일당을 철저하게 응징하고 보복할 것입니다. 그들이 살아서든 죽어서든 절대로 대한민국 땅에서 벗어나지 못하도록 작전을 종료시킬 것입니다. 또한, 이번 도발을 계기로 대한민국에 뿌리 깊게 파고든 불순 세력을 끝까지 추적하여 발본색원할 것입니다."

국방부 대변인의 브리핑이 종료되고 화면이 뉴스 스튜디오로 전환 되자 제보를 바란다는 짧은 문구와 함께 플라밍고 사장과 관리자로 위장하고 공작 활동을 해왔던 주요 용의자 세 명의 사진이 인적 사항과 함께 영상의 가장자리를 차지한다.

망설이던 석대오 경감은 마음속 한곳에서 지워 버렸던 전화번호를 찾아서 통화 버튼을 누른다. 그러나 김충경 중사의 휴대 전화는 여전히 통화 연결음만 계속해서 뱉어낼 뿐이다.

자정을 넘어 달그림자가 드리우는 시각, 77사단 사령부로부터 공중정찰 임무를 부여받은 500MD 헬기[2]가 공기를 가르는 소리를 내며 하늘로 오른다. 고도가 안정되자 뒷좌석에 앉아 있는 대위 계급의 사단 수색대대 작전 장교가 지도를 펴고 지형을 살핀다.

"항공대장님, 저기 멀리 보이는 도로가 178번 국도인데 이 도로가 강원도 인제에서 북쪽으로 올라가는 유일한 통로입니다. 여기를 따라서 쭉 올라가 보시죠."

"특수 교육 받은 간첩이 설마 차도 없는 시간에 하나밖에 없는 도로를 이용하겠어요? 금방 발각이 될 텐데."

"네, 알고 있습니다. 그런데 기무사에서 혐의자들을 심문했는데 차를 타고 올라갔다고 했으니깐 살펴는 봐야죠. 두 시간 정도 전이라고 했으니깐 이 도로를 이용했다면 20분 이내에 우리 시야에 들어올 겁니다."

항공대장 박 소령은 조종간을 앞으로 밀어 속도를 높인다. 야간 투시경[3]으로 비치는 녹색의 밤하늘 풍경은 마치 인공지능 컴퓨터가 사람을 지배하는 가상현실 공간을 보여주던 공상과학 영화의 한 장면과 묘하게 겹친다. 산과 산 사이 골짜기를 따라 구불구불하게 늘어진 아스팔트는 대한민국의 굴곡진 동족상잔의 비극적인 역사를 내보이는 듯하다. 10여 분 시간이 지나자 뱀의 형상을 한 도로를 느린 속도로 따라가는 차 한 대가 보인다. 박 소령의 시야에 수상한 차량이 잡히자마자 작전 장교를 호출한다.

"안 대위! 저기 아래 차 한 대가 식별되었어요."

---

2) 최대 탑승 인원 네 명의 소형 군용 헬기.
3) 미세한 빛을 증폭시켜 어두운 장소에서도 시야를 확보할 수 있도록 하는 장치로 주로 녹색 화면으로 사물이 식별됨.

예상 도주 경로보다 이른 시간에 수상한 차량이 식별되자 사단 수색대대 작전 장교 안 대위는 당황해하며 아래를 살핀다.

"어? 아무것도 안보입니다. 도로만 보입니다."

"야간 투시경 착용해서 보세요."

안 대위가 야간 투시경을 착용하자 검은색 도로 위로 네모난 물체 하나가 움직이는 것이 보인다.

"아니, 이 밤중에 헤드라이트도 끄고 전방으로 이동하는 차량이 있다니 너무 수상합니다. 바로 기무사 위기조치반에 보고하겠습니다."

2008년 1월, 경기도 과천 기무 사령부 지하 벙커 회의실.

전날 밤늦은 시간부터 새벽 시간까지 네 시간 넘게 이어지는 상황에 모두가 지쳐 있을 무렵, 지휘통제실의 무전이 울린다. 졸린 얼굴로 느릿느릿하게 무전기를 들었던 정보통신대대 간부가 자신의 뒤편 단상으로 뛰어올라가 긴급 상황을 전파한다.

"항공대에서 전방으로 이동하는 수상한 차 한 대를 식별했다고 합니다!"

턱을 괴고 생각에 잠겨 있던 지휘통제실장이 반색하며 무전기를 집어들고 회의실 스피커에 연결한다.

"그래 알았고, 저공 비행해서 차량에 경고 방송해 봐! 정상적으로 지시에 따르는지 아니면 다른 반응을 보이는지 확인해 봐!"

"지휘통제실장! 현재 군부대 투입 상황은 어떻게 되나?"

"작전지역 인근 전 부대 전투 준비태세는 완료가 되었고, 주요 검문소와 초소는 02시 15분으로 전원 투입이 되었습니다. 수색 작전은 금일 BMMT+30분경인 07:00시에 시작 예정입니다. 만약 수색작전 이전에 적의 도주 경로가 확인되면 해당 지역에 차단 및 봉쇄 작전 투입이 가능할 것으로 예상됩니다."

500MD 헬기 공중 정찰팀의 작전 내용이 회의실 스피커를 통해서 그대로 전파된다. 헬기 뒷좌석에 탑승하고 있는 수색 대대 작전 장교는 헬기 하단에 설치된 경고용 스피커를 작동시켜 그들이 찾고 있는 목표물이 맞는지 확인하는 작업에 돌입한다.

"저희는 77사단 항공 정찰대입니다. 현재 귀 차량이 이용하는 도로는 무장간첩 출현으로 통제된 도로입니다. 정당한 절차와 집행에 따라 저희의 통제에 따를 것을 요청합니다. 우선 현재 차량 속도를 천천히 줄여 오른쪽 길가에 정차하십시오."

고요하던 어두운 밤하늘에 경고 방송이 메아리치며 울려 퍼진다. 흔들리는 헬기 안에서 마이크를 부여잡고 있는 안 대위부터 수십 킬로 떨어진 기무사 사령부 회의실을 지키고 있는 수많은 사람이 모두 긴장하며 부적절한 시간, 부적절한 장소에 있는 낯선 차량의 움직임에 집중한다. 검은색 차량은 천천히 속도를 늦춘다.

"식별 차량 속도 감속 중. 5분 내로 정차할 것으로 예상."

작전 장교 안 대위의 무전 한 마디에 아쉬움을 드러내는 탄식이 기무 사령부 회의실 중간중간 들려온다. 순간 검은색 SUV 차량은 속도를 줄이다가 갑자기 헤드라이트를 켜고 돌진하기 시작한다.

"속도를 줄이시고 저희 통제에 따르십시오! 정당한 법적 요구에 대한 거부 시 무장간첩 의심 차량으로 오인될 수 있습니다! 속도를 줄이십시오!"

SUV 차량은 자신의 존재를 인정하는 듯 더욱더 속도를 높인다. 커브를 돌 때마다 반대편 차선까지 침범하면서 거침없이 구부정한 도로를 달린다. 작전 장교 안 대위는 1차 상황 조치를 요청한다.

"검은색 SUV 차량을 타겟으로 지정 건의드리고 계속 추적하겠습니다! 타겟이 해당 도로를 벗어나기 전, 차단선 점령을 요청합니다!"

기무사령부 벙커 회의실의 탄식 기운이 반전되며 활기를 띤다. 기무사령관은 178번 국도와 가장 가까운 거리에 주둔하고 있는 77사단 931연대 3대대의 신속한 차단선 작전 투입을 위해 직접 전화기를 집어든다.

"77사단장, 나 박 중장이오! 현 상황이 공유된 대로 지금 931연대 책임 지역에서 이번 탈주 간첩으로 의심되는 수상한 차량이 공중 정찰팀의 경고를 무시하고 도주 중입니다! 현재 시급하게 조치해야 할 사항은 한 시간 이내로 차단선을 치고 그들을 포획해야 한다는 것입니다. 30분 내로 우리가 요청하는 좌표에 병력을 배치할 수 있겠소?"

"네, 기무사령관님 바로 가능합니다! 현재 한 개 중대는 공중 강습[4]으로 10분 이내에 차단선 점령할 수 있고 대기하고 있는 나머지 사단 병력도 집중적으로 투입하여 차단선을 이중 삼중으로 쳐서 현장에서 반드시 종결시키겠습니다."

검은색 SUV 차량은 곧 닥칠 자신의 운명을 예감했는지 못했는지 출구가 없는 암흑이 감싼 동굴같은 길을 전속력으로 달려나간다. 500MD 헬기 역시 물고기 몰이를 하듯 저공비행 하며 그들의 질주에 채찍질을 가한다.

30여 분이 흐르자 500여 명의 931연대 1대대 병력이 계획된 차단선에 모두 배치된다. 왕복 2차선 도로를 중심으로 포물선 형태로 전방

---

4) 육상 병력을 수직 이착륙기(헬리콥터)를 이용해 다른 지역으로 수송하는 작전.

200m 이상 길게 진지를 구축하며 무장병력이 투입된다. 고지에서 내려다보는 매복 진지는 물고기 떼를 기다리는 그물망과 겉모습뿐만 아니라 그 목적까지 닮았다.

도로 중앙 왼편에 무명고지 정상에 급조된 임시 지휘소의 긴 테이블 끝에 걸터앉은 대령 계급의 931연대장과 소령 계급의 1대대 부대대장은 분 단위로 들려오는 공중 정찰팀 무전에 귀를 기울이며 곧 개시될 작전을 초조한 마음으로 기다린다. 그들 뒤로 대대 작전 과장과 참모들이 줄지어 앉아 실시간으로 작전 상황을 지원한다.

"연대장님, 사단에서 2개 대대 수준의 지원 병력이 10분 내로 도착 예정입니다."

"그래, 도착하는 대로, 후방 지원하라고 하고 1대대장 연결해 봐."

한편, 지휘소 아래의 아스팔트 도로 중앙에 구축된, 적과 직접 접촉이 예상되는 가장 위험한 3중대 진지에 위치한 1대대장은 20년 가까이 군에 몸담았고 해외파병까지 다녀온 전형적인 야전 지휘관이다. 하지만 적의 도발로 인한 실국지 도발 작전에 투입된 전술 지휘관으로서 막중한 책임감과 작전 실패에 대한 공포가 그를 옥죄자 그는 자신의 허리춤에 있는 K-5 권총을 매만진다. 그의 불안감을 멀리 몰아내려는 듯 대대장 바로 앞 진지에 놓여 있는 군 핫라인이 거친 전자음을 내며 울린다.

"1대대장입니다."

"대대장님! 지금 올라옵니다!"

"알았다."

차단선 1km 전방, 경계조의 한 마디의 짧은 보고는 작전의 시작을 알린다. 대대장은 대대 병력뿐만 아니라 사단과 기무 사령부까지 연결된 무전기 채널을 통해 명령을 내린다.

"1대대! 전 병력 사격 준비!"

1대대장의 품속에 있던 휴대 전화기가 진동을 내며 울린다. 1대대장은 직속 상관의 애타는 전화를 무시하고 대한민국의 안보 수준을 증명하는 간첩 체포 작전에 사활을 건다.

거침없이 달려나가던 검은색 차량 운전자의 눈동자에 먼 곳에서 깜빡거리는 파란색 불빛이 드리운다. 얼마지 않아 그의 시야에 도로를 가득 채운, 자신에게 총을 겨눈 수백 명의 무장군인들이 보인다. 순간 급브레이크를 밟자 찢어지는 소리를 내며 수십 미터를 미끄러져 나간다. 뒤를 돌아보며 후진 기어를 넣으려고 하는 순간 수 십 명의 병력이 차량용 장애물을 투척하며 퇴로를 점거한다.

"너희는 포위됐다! 지금 즉시 투항하라! 더 이상의 저항은 무의미하고 서로에게 피해만 줄 뿐이다! 즉시 무기를 버리고 양손을 머리 위로 올리고 하차하라!"

작은 휴대용 확성기의 경고 방송이 그 일대 넓은 공간에 진동을 일으키며 크게 울린다. 10여 분 이상 계속되는 울림에도 수상한 차량은 아무런 반응 없이 전원 코드가 뽑혀버린 기계처럼 멈춰 서 있다. 충분한 시간적 여유를 허락했다고 판단한 1대대장이 허리춤의 권총을 꺼내 들고 목표물에 접근하려고 하자 3중대장이 1대대장을 막아 세운다.

"3중대 2소대 나를 따라 목표물에 접근한다."

"대대장님 위험합니다. 제가 가겠습니다."

"원래 상급 지휘관이 가장 위험한 곳에 제일 먼저 서는 것이다. 3중대장 너는 돌발 상황에 대비해서 나머지 병력 통제해! 2소대는 나를 따르라!"

저항도 순응도 없는 목표물에 1대대장을 선두로 20여 명의 병력이 서

서히 다가간다. 차량의 급발진과 후진을 대비해 차량 측면으로 접근하던 대대장이 수신호를 보내자 2소대장이 차량 뒤쪽으로 올라타 차창을 깨고 연막탄을 쑤셔 넣는다. 매캐한 검은 연기가 수십 초 내로 좁은 차량 내부를 채우고 밖으로 새어 나오자 1대대장이 창문을 거칠게 부순다. 훅 하고 검은색 연기가 걷히자 입에 하얀 거품을 물고 눈을 하늘로 쳐든 채 혼자 외롭게 숨을 거둔 이성진이 홀로 앉아 있다.

성동격서(聲東擊西)

　살을 에는 차가운 밤공기가 묵직하게 자리잡고 있는 휑한 아스팔트 위로 황색등을 점멸하고 있는 쇠기둥들이 보인다. 날이 밝으면 분 단위로 색을 바꿔가며 바쁘게 일상을 이어가야 하는 신호등은 졸린 듯 노란색 눈동자를 깜빡인다. 그들의 선잠을 깨우는 이륜차 한 대가 속도를 내며 도로 위를 가로질러 허름한 3층 높이의 상가 앞에 멈춰 선다. 야밤에 한 시간 넘게 달려온 탑승자들은 붉게 녹이 슨 자물쇠를 열고 곰팡내로 가득 차 있는 공간으로 오토바이와 자신들을 밀어넣는다. 비상시를 대비하여 마련해 놓은 반지하 은신처에 도착하자마자 두 명의 남자는 쓰러지듯 바닥에 주저앉는다.
　"아버지, 괜찮으세요? 바로 제가 따뜻한 물이라도 끓여 드릴게요."
　리철용은 손을 좌우로 흔들며 거절의 신호를 보낸다
　"괜찮다. 민혁아. 저기 비화기[5]로 우리 무사히 탈출해서 은거지에 도착했다고 알려줘."

---

5) 원거리 통신에서 전하고자 하는 메시지를 암호화하여 해독을 불능하게 만드는 장치.

80년대 유행하던 가정용 연노란색 전화기 모양을 한 비화기를 들어 무사히 탈출한 자신들의 위치를 알린다. 김민혁은 짧게 몇 마디를 내뱉은 후 수화기에 귀를 대고 상대방의 말에 집중하다가 손으로 리모컨을 가리킨다.

"아버지, TV 좀 틀어 주실래요?"

리철용이 리모컨을 찾아 쥐고 TV 전원을 켜자 첫 화면에 뉴스 속보가 뜬다. 공중에서 헬기로 촬영한 장면에는 너무나도 익숙한 검은색 차가 화면 가득히 확대되어 보인다. 그리고 속보 화면의 하단에는 '무장 간첩단 주요 용의자 이성진, 현장에서 독극물 자살'이라는 문구가 떠있다. 김민혁은 수화기를 떨어뜨리고 무릎을 꿇은 채 흐느낀다. 리철용이 대신 전화기를 집어 들고 상대방과 수분을 통화한 뒤 김민혁을 일으켜 세운다. TV 화면에는 현장에 파견된 기자에 의해서 뉴스 속보가 계속 이어진다.

"우리 군은 아직 체포하지 못한 북한 간첩단 주요 용의자 리철용과 김민혁을 계속 쫓고 있으나 현재까지 별다른 성과가 없는 것으로 파악되고 있습니다. 또한, 일각에서는 성동격서(聲東擊西)식의 북한 교란 작전에 우리 군이 말려들어 주요 용의자 검거에 실패했다는 비판이 일고 있습니다. 추가로 이번 간첩단 사건의 총지휘를 맡은 기무사령부는 현재 도주중인 무장간첩들이 강원도를 벗어나 주요 도시로 빠져나갈 것을 대비하여 경찰과 협조하여 주요 고속도로와 국도에 군경 합동 검문소를 설치하고 주요 지역에 불심검문을 강화할 예정입니다."

리철용은 TV 전원의 볼륨을 줄인 뒤 김민혁을 소파에 앉히며 그를 위로한다.

"민혁아, 내가 못나서 우리 가족 같은 성진이를 사지로 내몰았다. 미안하구나."

김민혁은 진정하지 못한 채 계속 고개를 떨구고 눈물을 흘린다. 그의 눈에 맺혀서 바닥으로 떨어지는 물방울은 형제 같은 친구의 죽음보다 앞으로의 두려움이 더 짙게 배어 있다. 김민혁 눈물의 의미를 간파한 리철용은 그의 어깨를 두드리며 안심시킨다.

"그래도 걱정하지 마라. 내가 죽는 한이 있어도 너는 무사히 장군님 품에 안기도록 해 줄 거다. 그리고 성진이도 통일된 조국에서 자신을 희생한 혁명 전사로 사람들의 존경을 받게 될 거야. 그러니 조금만 참고 우리 일단 여기를 벗어나는 데 집중하자. 우리를 구하기 위해 이미 잠수정이 출발했다. 어서 여기 있는 설비들 다 파기하고 강릉으로 가자."

"우리 이름이랑 얼굴까지 다 나와서 전 국민이 다 알고 있는데 어떻게 여기를 빠져나가서 강릉까지 가요? 여기도 성진이 아니었으면 들어오기도 전에 잡혔을 거예요. 우리는 이미 끝났어요."

"아니 방법이 있다. 우리를 접선지까지 데려다줄 차량과 요원이 우리한테 오고 있다. 그러니 빨리 준비하자."

과천 기무사령관실, 기무사령관은 새벽 시간에 별다른 통보도 없이 방문한 불청객들을 불편한 기색 없이 맞아들인다. 그러나 그 불청객들은 군 정보기관 수장에 대한 배려는 안중에도 없는 듯 다리를 꼰 자세로 소파에 기대어 무례함을 이어간다.

"사령관님, 앞으로 어떻게 하실 생각입니까? 사실 뭐 기무사에서 자체적으로 확인한 사항은 인정합니다. 하지만 체포 작전에 실패하셔서 이렇게까지 사건을 확대하고 국민을 불안하게 만드시면 어떡합니까? 제가 볼 때 군에서 독자적으로 지휘하기에는 사건이 너무 커졌습니다."

집무실 책상에 앉아 있던 기무사령관은 국가정보원 2차장의 결례를 나무라는 듯 의자를 뒤로 젖히며 피아노 치듯 손가락으로 책상을 두드린다.

"그래서? 국정원에서 정확히 원하는 게 뭐요? 대한민국 국내 정보 파트를 총괄하는 두 분께서 이렇게 긴박한 상황에서 나를 찾아와 국민을 운운하는 진짜 저의가 뭐요?"

국가정보원 2차장은 기무사령관으로부터 기다렸던 질문이 나오자 반갑다는 표정으로 자세를 고쳐 앉은 후 속뜻을 전한다.

"솔직히 최근에 우리 해군력이 증강되고 남북 평화 분위기가 조성되면서 북한의 대남 도발이 확 줄어서 실적이 너무 없습니다. 기무사에서 다 찾았고 고생한 거 잘 알지만 같은 정보기관끼리 서로 돕는 차원에서 공을 나눠 주시면 감사하겠습니다. 일단 정식으로 저희 원장님께 지원 요청해 주시죠."

기무사령관은 쓴웃음을 지으며 양 손바닥을 하늘로 보이며 거절의 뜻을 내보인다.

"이미 기무사의 1, 2차 체포 작전 실패는 전 국민이 알고 있고 아직 상황 종료도 되지 않은 상태에서 우리 군이 직접 투입되고 있는데 왜 무슨 이유로 국정원에 지원 요청을 해야 하죠."

"혹시 기무사에서 최종 작전까지 실패해서 리철용을 놓치거나 끝까지 행방을 찾지 못한다면 그 후폭풍에 대해서는 고민해 보셨습니까?"

평정을 유지하던 기무사령관은 국정원 안보 수사국장의 직접적인 도발에 자리에서 일어나며 불쾌한 감정을 그대로 드러낸다.

"뭐요? 지금 나를 협박하는 거요? 이번 간첩단 사건은 북한 노동당 세력이 우리 군에 침투한 사건이고 모든 사항을 우리가 식별했고 조치도 하고 있소! 결과에 대한 책임은 지휘관으로서 충분히 각오가 되어 있으니 돌아들 가시오!"

두 번에 걸친 체포 작전 실패로 궁지에 몰려 있는 기무사를 조금만 압박하면 주도권을 쥘 수 있을 거라는 2차장의 예상과는 다르게 기무사령관이 강단 있는 태도를 보이자 국정원 국내정보 분야 총괄 팀장인 2차장은 몸을 낮추며 상황을 진정시킨다.

"사령관님, 저희가 무슨 덕을 보겠다고 협박을 하겠습니까? 저희는 단지 앞으로 일이 더 커질 경우를 대비해서 협력하자는 뜻으로 말씀드린 것입니다. 수사국장! 사령관님께 사과드리세요!"

안보 수사국장이 소파에서 일어나 고개를 숙이며 사과의 뜻을 전한다. 그러나 노기가 서려 있는 기무사령관의 낯빛은 달라지지 않는다. 평소 협상 능력이 탁월하다는 평가를 받는 국정원 2차장은 타협의 카드를 내민다.

"사령관님, 저희가 지금 리철용과 김민혁이 어디 있는지 찾아 드리면 저희와 공조하시겠습니까?"

"무슨 소리요? 지금 그들의 위치를 알고 있다는 뜻이오? 아직 제대로 된 수색 작전도 시작되지 않았는데 어떻게 안단 말이오?"

"수사국장!"

2차장의 부름에 안보 수사국장이 서류 가방에서 철제 틀로 보호된 노트북을 꺼낸다. 국정원 서버 원격 접속이 가능한 노트북의 전원을 켜고 USB 메모리 크기의 암호 툴을 포트에 끼워넣자 국정원을 상징하는 마크를 배경으로 사진 몇 장이 모니터에 뜬다.

"2년 전, 저희 블랙 요원이 인천 상가 단지에 고정간첩의 비밀 아지트가 있다는 첩보를 입수하여 우리 국정원에서 비밀리에 해당 지역을 수색한 적이 있습니다. 1년 이상 장기 임대를 했으나 별다른 영업을 하지 않는 곳을 추려서 평균 전기 사용량이 가장 낮은 상가를 찾았었죠. 6개월 정도 구석구석을 뒤진 끝에 실제 고정간첩 두 명이 활동하는 사무실을 확보했었습니다. 그런데 막상 사무실을 수색하고 고정간첩의 뒤를 밟았는데 특별한 정보 수집 활동이나 공작 활동을 전혀 하지 않았습니다. 그러던 중 고정간첩들이 공영주차장에 주차된 차량을 거의 타지도 않으면서 주기적으로 세밀하게 관리한다는 사실을 확인했습니다. 바로 이 차량입니다."

2차장이 가리키는 화면에는 지붕에 녹색 비상등을 단 하얀색 병원 구급차 사진이 보인다. 기무사령관은 노트북 모니터에서 눈을 떼지 못한 채 자신의 경험에 비춘 생각을 나열한다.

"비상시 이동 수단으로 준비해놓은 것 같은데……."

"그렇습니다. 저희도 더 큰 배후를 기대하고 지금까지 고정간첩들을 검거하지 않고 계속 관찰하고 있었습니다. 그런데 오늘 두 시간 전에 그 차량과 인원이 드디어 움직이기 시작했습니다."

안보 수사국장이 화면을 전환하자 지도가 나타난다. 파란색 화살표가 지도상의 하얀색 도로를 따라서 천천히 움직인다. 2차장이 화면을 축소시키자 하얀색 도로의 끝 지점이 나타난다.

"현재 움직이는 경로로 목적지를 추정하면 그들은 이곳 강원도 인제로 가고 있습니다. 지금 리철용은 강원도 인제에 있습니다."

"이 구급차가 리철용의 탈출을 돕기 위한 것이라고 확신할 수 있소?"

"사령관님, 고정간첩이 관리하는 구급차가 1년 넘게 한 번도 운행되지 않다가 노동당 소속 고위직 간첩이 발각되어 도주를 하자 갑자기 움직이기 시작했습니다. 그것도 현재 비상 경계령이 내려진 강원도 인제로 가고 있습니다. 이것은 확실합니다. 이 파란색 화살표가 멈추는 곳에 우리 타겟이 있습니다."

"알겠소. 우리 기무사는 현 시각부로 국정원과 공조를 하겠소. 그 구급차가 목적지에 도착하면 현장에 바로 병력을 투입하여 체포할 수 있도록 특공연대 1개 대대를 대기시켜 놓으면 되겠소?"

"네. 그리고 저희 현장 요원도 일부 투입을 하겠습니다."

국정원 2차장은 만족스러운 표정을 잠시 지었다가 이내 진지한 얼굴로 바꾸며 또 다른 예민한 주제를 꺼내든다.

"사령관님, 그리고 기무사 요원 중에 김충경 중사라고 알고 계십니까?"

"그럼요. 우리 중앙 수사단 소속으로 이번 유흥주점 간첩단 사건을 진두지휘했던 친구요. 1차 체포 작전 실패로 일단 이번 사건에선 배제시켰지만 앞으로 우리 군에서 장기적으로 활용될 인재요."

"이번에 국정원을 도와주신 만큼 저도 알려 드려야 할 정보라고 생각해서 말씀드립니다. 그 친구 기무사에서 더는 근무하기 어려울 것 같습니다."

국정원 2차장의 말이 더해질수록 기무사령관의 표정은 더욱더 일그러지며 그의 행동이 분주해진다. 기무사령관은 곧장 내선 전화의 수화기를 들어 어디론가 다급하게 전화를 건다. 상대방이 전화를 받자마자 사납게 소리친다.

"김충경, 이 배신자 새끼! 당장 잡아서 내 앞에 데려와!"

결자해지(結者解之)

인제의 번화가 근처.

"치지직. 타겟, 인제 시외버스터미널 검문소 통과."

"알았다."

수십 명의 손에 들려 있는 무전기가 전자음을 내며 메시지를 전달한다. 인천에서부터 세 시간 이상 녹색등을 깜빡이며 달려온 하얀색 구급차는 아무런 제지 없이 인제 시외버스 터미널 임시 검문소를 빠져나와서 목적지로 향한다. 시외버스 터미널 주차장에서는 1201 특공연대 1개 대대 200여 명의 무장 병력이 대형 버스 다섯 대에 나누어서 탑승하고 있다.

"알파 원, 투, 거리 유지하고 타겟을 따라가기 바람."

시외버스 터미널에서 미리 대기하던 승용차 두 대가 시간 차이를 두고 하얀색 구급차를 따라 이동한다. 10여 분의 시간이 지나고 대형 버스 다섯 대도 시동을 걸고 타겟이 이동한 경로를 그대로 따라 움직인다.

"아버지, 거의 다 정리가 된 것 같은데요."

"그래. 빨리 마무리하자! 조금 있으면 우리 요원들 도착하겠다."

반지하상가 은신처의 한쪽 구석에는 김민혁이 둔기로 때려 부숴놓은 기기의 잔해들이 한가득 쌓여 있다. 리철용과 김민혁은 형체를 알아볼 수 없을 정도로 분해된 설비들의 흔적을 강산(强酸)이 들어 있는 커다란 통에 집어넣어 은신처에 대한 기록들을 완전히 소거한다.

"아버지, 조금 전에 죄송했어요."

"아니다. 당연히 그럴 수 있다. 얘기는 나중에 하고 빨리 옷 갈아입고 준비하자."

절망에 빠져 있던 김민혁은 자신의 새로운 삶을 자신이 꿈꿔온 이상향에서 새로 시작할 수 있다는 희망을 품으며 리철용와 함께 자신의 인생을 건 여정을 위해 짐을 꾸린다.

하얀색 구급차가 인제 번화가 인근의 허름한 건물 앞에 멈춰섬과 동시에 곳곳에서 무전이 울린다. 중구난방으로 교차하는 무전으로 혼선이 오자 기무사 지휘통제실장이 교통정리를 한다.

"지금부터 모든 현장 지휘권은 작전부대장인 1201 특공연대장에게 있습니다. 기타 부대 및 국정원과 경찰은 부여받은 각자의 채널로 통신 바라며, 1번 채널은 1201 특공연대장 명령 하달 및 상황 전파 시에만 활용 허가하겠습니다. 현시각부로 무전 침묵 바랍니다."

기무사 지휘통제실장의 무선 허가 방침 전달 후, 무선 통신 라인이 원활해지자 1201 특공연대장이 곧장 명령을 하달한다.

"알파는 특공연대 본대 도착하기 전까지 현장 대기하고 특이 상황 발생 시 보고 바람!"

"알았다. 운전자와 탑승자 1명 차 안에서 대기 중!"

잠시 후 특공연대 병력이 도착하자 특공 연대장의 지시가 하달된다.

"독수리 본부! 신속히 차량 확보하고 차단팀 각자 봉쇄선 점령하라!"

새벽녘에 무거운 군홧발 소리가 네모난 건물을 둘러싼다. 타겟 차량의 두 명의 탑승자들도 아무런 저항 없이 특공 연대 군인들의 총부리에 굴복하며 지시에 따른다.

"작전 1팀은 지하로 이동하고 나머지 2, 3, 5, 7팀은 각 층 및 옥상 입구 점령하라!"

을씨년스러운 복도를 한 발짝 두 발짝 조심스럽게 진입한 병력은 각 층계단 입구 좌우로 배치된다.

"어? 아버지! 밖에 무슨 소리 들리는 것 같은데요? 온 것 같은데요?"

"잠시만."

"셋, 둘, 하나, 진입!"

지하에서부터 옥상까지 모든 층에서 연막탄과 섬광탄이 창문을 깨고 동시에 복도를 따라 쭉 늘어진 방안으로 우수수 뿌려진다. 선두 개척수 손에 쥐어진 전자봉이 완전히 깨지지 않은 창문을 때리자 돌파구가 확보된다. 일반 성인 남자 가슴 높이의 창문을 단숨에 뛰어넘은 특공연대 작전 팀원들이 밀물 들어오듯 쓸려 들어가 각자에게 부여된 공간을 채워 나간다. 영겁 같은 5분여를 기다린 특공 연대장은 각 작전팀을 연결한다.

"각 작전팀, 상황 보고 하라!"

"작전 1팀. 식별된 적(敵) 없으며 완전히 비어 있음!

"2팀 동(同)!"

"3팀 동!"

"5팀 동!"

"7팀 동!"

명운을 걸고 작전에 투입된 200여 명의 1201 특공연대 작전팀은 건물 전체가 텅 비어 휑한 공간을 전과도 없이 무의미하게 점령하고 있다.

"텅텅."

일반 주택의 현관문이 아닌 미닫이 철문 철판에 부딪치는 노크 소리가 어색하면서 불편하게 들린다. 김민혁을 뒤로 물리고 리철용이 조심스럽게 문을 밀어넣자 경찰 제복을 입은 건장한 남자가 나타난다. 순간 김민혁이 본인도 모르게 공구를 주워들려는 찰나에 리철용과 경찰은 서로를 끌어안는다.

"김 경위, 고맙습니다! 이렇게 어려운 순간에 나를 찾아와줘서!"

"아닙니다. 부부장님. 위기의 순간에 제가 조금이나마 도움이 될 수 있어서 정말 다행입니다. 시간이 없습니다! 어서 가시지요!"

강원 지방 경찰청 고속도로 순찰대 제17지구대 팀장으로 근무하고 있는 노동당 대외 연락부 대남 담당과 소속 고정간첩은 김민혁을 향해 짧게 목례를 하고 자신의 순찰차로 그들을 안내한다. 무장간첩의 출현으로 어수선한 강원도 작은 도시의 변화가 인근의 상가에서 승려 두 명을 태운 경찰차가 빨간색 불빛과 파란색 불빛을 번갈아 비추며 출발한다.

"스님으로 변장하신다고 급하게 삭발을 하셔서 조금 티가 납니다. 더우시더라도 최종 탈출선(船)에 타실 때까지는 차 안에서도 털모자를 쓰고 계시는 것이 좋을 듯합니다."

"알았어요. 그런데 유인 작전은 성공했어요?"

"네. 완전히 속아서 시외버스 터미널 검문 인력 일부도 그쪽으로 투입이 되었습니다. 참, 국정원 놈들도 1년 이상 우리를 쫓아 다니면서 우리가 눈치를 못 챌 거로 생각하는 자체가 얼마나 자만하고 어리석은지……. 뭐, 덕분에 좀 더 수월하게 여기를 벗어날 수 있을 겁니다."

앞뒤 상황을 전혀 알지 못하고 일방적으로 리철용만 따라다녀야 하는 상황이 불안했던 김민혁도 안도하며 두 사람의 대화에 귀를 기울인다.

시외버스 터미널 검문소 특별 출입구로 경찰차가 들어가자 그 앞을 지키던 순경이 경례하며 차단기 바를 개방한다. 내부를 따라 들어가 택시 정류장이 나타나자 차가 멈춘다.

"제가 직접 모셔다 드릴 수 있는 구간은 여기까지입니다. 제가 두 분을 속초까지 모셔다드릴 일반 택시를 찾아보겠습니다."

김 경위는 리철용과 김민혁을 차량에 남겨둔 채 휴게실로 보이는 작은 건물로 사라진다. 한참의 시간이 지나고 나서야 김 경위가 차로 돌아온다.

"이른 새벽 시간이고 강원도 전체가 비상 상황이다 보니 다들 안 가려고 해서 애 좀 먹었습니다. 다행히 택시 기사 중에 독실한 불교 신자 한 분이 있어서 속초까지 태워다 드린답니다. 속초에 도착하시면 그 다음은 어떻게 이동하십니까?"

"그쪽에도 우리를 데려다줄 요원이 기다리고 있어요."

"끝까지 제가 보살펴 드리지 못해서 죄송합니다. 부디 몸조심하십시오!"

"아닙니다. 김 경위가 가장 위험한 지역에서 우리를 구해줬습니다. 그것만으로도 충분합니다. 내가 돌아가면, 김 경위 가족들 내가 특별히 들여다보겠습니다."

평소 빈말을 하지 않는 리철용의 성격을 잘 아는 김 경위는 연신 고개를 숙이며 감사의 뜻을 표한다. 경찰차 앞 유리창 밖으로 택시 한 대가 정차하고 푸근한 인상의 40대 택시 기사가 내려서 뒷문을 개방하여 손님의 탑승을 기다리는 모습이 보인다. 경찰차에서 승려 두 명이 내려서 택시로 다가가자 기사는 밝은 표정으로 먼저 합장하며 그들을 맞이한다. 리철용 역시 두 손을 모으고 예의를 표한다. 김민혁은 목례를 하려다 리철용을 보고 자세를 고쳐서 서투르게 불교식 인사를 따라 한다. 택시기사는 무지에서 나온 김민혁의 실수를 유심히 쳐다본다. 특별 출입구를 통하여 검문도 없이 빠져나온 택시가 인제 지역을 떠나 외곽 도로로 접어든다.

과천 기무사령관실, 국정원과 공조한 세 번째 체포 작전마저 실패로 돌아가자 기무사령관은 벼랑 끝에 몰리게 된다. 간첩단 사건 해결이라는 공을 내세워 자신과 자신의 조직의 정체성을 만천하에 드러내려고 했던 과도한 욕심이 부메랑이 되어 오히려 집중적으로 책임을 추궁받을 상황으로 내몰렸다. 기무사령관 양옆으로 사치스러워 보이는 가죽 소파에 자리 잡은 그의 참모들도 어두운 얼굴로 그저 침묵만 하고 있다.
"똑똑. 부관입니다."
"들어와. 무슨 일이야?"
"장관님 전화입니다."
의자에 몸을 파묻은 채로 기대어 있던 기무사령관은 전속 부관의 대답과 동시에 용수철처럼 몸을 일으켜 전화를 받아 든다.
"기무사령관입니다."
"박 장군, 괜찮소?"
"네. 실망시켜 드려서 죄송합니다."
"아니요. 사령관이 최선을 다한 것은 모두가 알고 있소."
질책이 아닌 격려의 목소리가 직속 상관의 입에서 흘러나오자 기무사령관은 벼랑 끝에서 절벽으로 떠밀려 바닥으로 추락한다. 책임과 잘못이 명확한 순간에 부드러움과 따뜻함이 품고 있는 날카로움의 역설, 그 간사함과 악독함을 잘 알고 있는 기무사령관은 다음에 이어질 국방부 장관의 조처를 예감한다.

"그런데 체포 작전은 이제부터 제1군 사령부 작전참모처에서 총괄 및 지휘를 하도록 해야겠소. 기무사령부에서 식별하고 인지한 건이라 작전 통제권을 기무사령부에 부여했지만 처음부터 참모 조직이 아닌 야전 부대에서 지휘를 하는 편이 옳았던 것 같소. 현 시각부로 리철용 체포 작전은 제1군 사령부에서 지휘통솔하도록 협조해 주고, 기무사령부는 상황 청취 수준으로 부대 운영을 조정하고 위기 조치반을 해산하시오."

"알겠습니다."

김충경 중사와 기무사령관 그리고 기무사령관과 국방부 장관, 그들의 인과 관계는 별개가 아닌 하나의 선으로 연결된 듯하다.

원주 제1야전군 사령부 작전 참모처 회의실, 준장 계급의 작전 처장과 중령 계급 이상의 장교 10여 명이 강원도 전체 지형을 축소하여 옮겨놓은 군사 지도가 놓인 테이블 주변에 서서 한창 작전 회의 중이다. 중령 계급의 대침투 작전 과장이 군사 지도 위에 여러 겹의 동심원으로 중첩된 반투명한 그림 한 장을 올려놓는다. 그 그림의 중심 원은 모든 사건의 물리적인 시작점인 플라밍고의 위치와 정확히 일치한다. 중심에서 규칙적으로 점점 넓어지는 동그라미의 간격은 시간 단위로 확대되는 타겟의 예상 이동 범위를 나타낸다.

"타겟이 여기 원점 플라밍고로부터 도주한 시점에서 약 여덟 시간 정도 경과하였으므로 야간 도보로 이동 시 그들은 현재 인제군 인근 최대 5km까지 도주했을 가능성이 있습니다."

대침투 작전 과장은 녹색의 레이저 포인트로 해당 지점을 가리키며 설명을 이어나간다.

"지금으로서는 인제군을 중심으로 사단별로 책임 지역을 부여하고 방사형 끝 지점에서부터 안쪽으로 샅샅이 수색해서 범위를 축소해오는 방법이 최선입니다. 이제 한 시간 정도만 지나면 완전히 시야가 확보될 정도로 밝아집니다. 부대들을 빨리 집결시켜 작전을 시작해야 합니다."

일분일초가 아쉬운 작전상의 골든 타임에서 캄캄하고 어두운 공간을 손으로 일일이 더듬으면서 길을 찾아야 하는 현실이 다들 못마땅하다. 그러나 다른 선택지가 없다는 사실에 모두 체념할 무렵 테이블 가장 끝에 앉아 있던 대령 계급의 129군단 헌병대장이 또 다른 가능성을 제시한다.

"작전 과장! 만약에 타겟이 도보가 아닌 차량과 같은 기동성이 확보된 수단으로 이동을 했다면 수색 작전에 큰 변수가 되오?"

"물론입니다. 큰 변수 정도가 아니라 작전 계획 전체에 변화를 주는 핵심 작전 고려 요소입니다. 그런데 지금까지의 정황을 보면 그들은 산악 지형을 이용해 도보로 도주 중일 확률이 가장 높습니다. 군과 경찰이 플래밍고 주변으로 활용 가능한 모든 도로에 검문소를 설치했고 유입 가능한 길목도 모두 통제하고 있는데 현재까지 아무런 징후도 발견되지 않는 이유는 그들이 산악 지형을 이용해 은밀하게 이동하고 있기 때문일 것입니다."

"나는 작전 전문가는 아니지만 내 생각은 조금 다릅니다. 자, 이것들을 봐 주십시오."

헌병대장이 노란색 서류 봉투에서 여러 장의 사진을 꺼내어 놓는다. 사진 속의 김민혁은 각각 다른 배경에서 같은 모습으로 멋을 낸 고급형 오토바이를 타고 환한 미소를 짓고 있다.

"이 사진들은 모두 김민혁의 숙소에서 찾았습니다. 여기 김민혁이 자랑

하듯 타고 있는 이 이륜차는 1,000cc 고급형으로 최대 속도가 300km 에 이르고 대당 가격이 천만 원을 호가하는 모델로 차로 치면 최고급 세단이나 스포츠카에 해당합니다. 김민혁은 마니아 이상으로 오토바이를 좋아하고, 타고 다니는 것을 즐겼습니다. 현재 조사 중인 플라밍고 접대부들의 증언에서도 김민혁이 이 오토바이를 평소에 애지중지해왔고 매일 출퇴근용으로 이용한 사실도 확인했습니다. 그리고 결정적으로 사건 발생일인 어제 오후에도 오토바이를 타고 출근을 했습니다. 그런데 플라밍고에서 그의 오토바이는 사라지고 없었습니다. 그들은 기무사 요원을 죽이고 교란 작전으로 우리 군의 시선을 다른 곳으로 돌린 뒤 오토바이를 타고 우리가 예상하는 거리보다 훨씬 더 멀리 도주했을 것입니다. 리철용과 김민혁의 예상 도주 경로와 거리를 다시 분석해야 합니다."

"작전 과장! 헌병대장 말대로 오토바이로 도주 시에 예상 이동 시점 및 수색 범위는 어떻게 되나?"

잠시 머뭇거리던 대침투 작전 과장은 이미 지도 위에 올려진 예상 범위 추적도 보다 지름이 훨씬 더 길어진 동심원의 반투명 그림을 올려놓는다. 그 그림에 표시된 마지막 동심원의 윤곽선은 강원도뿐만 아니라 경기도 일부 지역까지 예상 이동 지역으로 품고 있다.

"만약에 그들이 기동성을 갖춘 채 우리의 차단망을 아무런 제지 없이 통과했다면 이동 방해 요소를 감안하더라도 인제를 중심으로 왼쪽으로 춘천, 아래로 원주, 오른쪽으로 속초와 강릉 등 강원도의 모든 주요 도시와 경기도 일부 지역까지 수색 범위에 들어갑니다."

순간 회의실을 차지하고 있는 사람들의 실낱같은 희망은 더욱더 작게 쪼개져 가루가 된다. 그러나 지도자의 자질은 절망적인 순간에 비로소 빛을 발한다고 했던가?

"나는 헌병 대장의 수사 의견은 존중하지만, 작전에 미치는 영향에 대해서는 동의하지 못하네. 리철용이 간첩 교육을 받았다 하더라도 우리가 일반적으로 생각하는 목표물 제거만을 위해 훈련된 무장공비와 같은 전투 요원들과는 분명히 차이가 있어요. 리철용은 해외에서 교육을 받은 엘리트 관료에 가까운 사람이고 나이 또한 50대 중반으로 체력상의 한계가 있을 거예요. 김민혁 또한 특별한 전투 능력을 갖추지는 못한 평범한 청년일 뿐이네. 아무리 기동성을 갖추었다고 하더라도 비상 경계령이 내려진 상태에서 우려하는 수준까지 움직이지는 못해요. 작전 과장 기존 의견대로 작전을 개시하고 항공대 공중 정찰을 강화하도록 하세요. 그리고 수색 작전 시 부대 간 협조점[6]에 공백이 발생하여 그 사이로 타겟이 빠져나가는 불상사가 발생하지 않도록 예하 부대에 다시 한번 강조하도록 하고!"

제1 야전군 사령부 작전 처장이 작전 계획의 마침표를 찍자 회의실을 차지하고 있던 사람들은 조국을 지키는 군인으로서 그 역할 수행을 위해 각자의 자리로 빠르게 흩어진다.

---

6) 인접 부대 간, 혹은 대형 간의 통제나 협조를 위하여 책임 지역상 반드시 접촉해야 할 지점 또는 위치.

쉼표와 마침표

　길고 길었던 어둠이 차차 걷히면서 주위가 점차 환하게 밝아진다. 컴컴한 밤길을 달리던 택시 기사는 새삼스럽게 동이 트는 아침을 반가워하며 꽤 오랫동안 지속한 침묵을 깬다.
　"아무리 새벽 시간이라고 해도 30분 넘게 달려왔는데 개미 새끼 한 마리 못 봤네요. 간첩이 무섭기는 무서운 모양입니다. 스님들께서는 겁나지 않으세요?"
　"네, 괜찮습니다. 기사님 속초에 도착하려면 얼마나 더 가야 하나요?"
　"평소에 길게 잡으면 두 시간 가까이도 걸리는데 오늘은 빠르면 아마 한 시간 반이면 도착하겠네요."
　택시 뒷좌석에 두 명의 승려는 필요 이상으로 침체되어 있다. 종교적 직분을 맡은 성직자에게 스며들어 외부로 자연스럽게 풍기는 진중함이 아닌, 깊숙이 가라앉아 바닥에 붙어버린 칠흑 같은 그림자가 그들에게서 뿜어져 나온다.
　"스님들, 무슨 일 때문에 이렇게 새벽에 속초로 가십니까?"
　"네, 볼일이 있어 갑니다."

"그러면 절이 아니라 개인 일 때문에 이 소란 중에 택시까지 타셨나요?"

"네."

리철용은 귀찮은 안내자의 물음에 최대한 단답형으로 대답하며 대화의 맥을 끊으려고 하지만 지루함에 지쳐 버린 불교 신자의 호기심은 멈추질 않는다.

"저기, 스님은 어느 절에 계십니까? 저는 인제에서 먹고 살다 보니 인제 주변에 웬만한 절은 다 알고 있습니다."

리철용은 택시기사의 갑작스러운 질문에 잠시 당황하다 누구나 알고 있는 유명한 사찰의 이름을 댄다.

"백담사에서 수행하고 있습니다."

"오 백담사요? 제가 다니는 절은 아니지만, 저도 바람 쐬러 가끔 갑니다. 저도 거기 돌탑 있는 데서 여러 번 소원도 빌고 돌도 올려놓고 왔습니다. 오, 영광입니다!"

택시 기사의 격한 반응에 리철용은 부담을 느끼고 대화의 주제를 돌린다.

"기사님, 괜히 저희 때문에 새벽부터 고생이 많으시네요. 일단 저희 속초에 내려다 주시면 또 긴 거리를 빈 차로 돌아와야 되네요."

"아니요. 괜찮습니다. 이렇게 스님들 모셔다 드리고 오랜만에 속초에서 물회랑 회덮밥으로 든든하게 배 채우고 오면 그만한 행복이 또 어디 있겠습니까? 참, 그런데 새벽같이 나오셨는데 두 분 공양은 하셨습니까?"

순간 그 두 글자는 승려로 위장한 도망자 둘을 참과 거짓을 가르는 심판대 위로 올려놓는다. 택시 기사는 리철용의 갑작스러운 침묵을 의아해하며 같은 뜻의 속세 단어로 다시 질문을 던진다.

"아니 두 분 식사는 하셨냐고요?"

"아, 네 괜찮습니다. 속초에 도착하면 간단하게 요기할 생각입니다."

그제야 리철용이 멋쩍게 웃으며 대답한다. 택시 기사는 처음 리철용과 김민혁을 대면할 때부터 쓸데없는 생각이라고 무시했던 마음속의 불편함들을 하나씩 떠올린다. 강원도에 발령된 비상상황 속, 이른 새벽에 만난 두 명의 승려. 다른 승려들과 다르게 짙게 응달진 낯빛 그리고 불교식 인사조차 헷갈리는 젊은 승려와 기본적인 불교 단어조차 모르는 중년의 승려. 택시 기사는 합리적인 의심을 조립하여 잠정적인 결론에 다다른다. 백미러를 훔쳐보며 털모자 아래로 그들의 얼굴을 자세히 살핀다. 자신의 합리적인 의심에 확신이 서는 순간 목 뒤에서부터 허리까지 오싹함이 내려앉는다. 택시 기사는 오른쪽 수납함에 핸드폰을 조심스럽게 주워 들어 숫자 일을 두 번 누른다. 순간 자신의 목 앞으로 예리한 물체가 드리우며 싸늘한 한마디가 들린다.

"허튼짓하지 말고 차 세워!"

길 중간에 택시가 멈추자 리철용은 칼날을 택시 기사의 목으로 바짝 붙인다.

"아버지, 그러시면 안 돼요. 제발."

리철용은 미동도 하지 않은 채 나지막하게 김민혁에게 경고한다.

"이 사람을 죽이지 않으면 우리가 죽어!"

자신의 모든 삶을 삼켜버릴 것 같은 지독한 공포에 택시 기사의 몸은 머리부터 발끝까지 꽁꽁 얼어 버린다.

"더는 사람을 죽이시면 안 돼요. 아무 죄도 없는 사람을 또 죽일 수는 없어요. 이 사람 놓아주고 제가 운전해서 가면 속초 도착할 때까지 신고도 못해요. 최소 두 시간 이상 걸어가야 민가가 있어요. 제발요. 더는 우리 때문에 사람이 죽어 나가는 장면을 보고 싶지 않아요. 이렇게 부탁할게요. 아버지."

리철용은 김민혁의 애원에 택시 기사 목에 칼날을 그대로 붙인 채 그의 소지품을 뒤진다. 홀쭉이 비어 있는 그의 호주머니를 확인하고 경고와 회유로 택시기사를 설득한다.

"잘 들으시오! 이미 알겠지만 나는 북조선에서 내려온 혁명 전사요. 곱게 보내 줄 테니 절대로 신고하지 마시오. 차도 속초에 도착하면 발견하기 쉬운 곳에 잘 세워 놓을 것이니 바로 찾을 수 있을 것이오. 그리고 여기 돈도 내가 많이 주겠소. 그런데 만약 신고하면 여기 남조선에 있는 수많은 우리 전사들이 당신을 찾아가 당신과 당신 가족을 모두 처단할 것이오. 알았소?"

택시 기사는 벌벌 떨며 위아래로 고개를 흔든다.

"자, 내가 가라고 하면 뒤도 돌아보지 말고 계속 달리시오!"

리철용이 한 다발의 지폐를 택시 기사의 손에 쥐어 주고는 그를 놓아 준다. 처음 다리에 힘이 풀려 휘청거리던 택시 기사는 몇 걸음을 걷더니 균형을 잡고 뛰기 시작한다. 리철용은 택시 기사가 시야에서 사라지고 그가 바닥을 빠르게 디디면서 내는 투박한 뜀박질 소리가 들리지 않을 때까지 같은 자리에서 같은 방향을 바라보며 미동도 없이 서 있다. 주위가 완전히 고요해지자 리철용은 옷을 갈아입고 운전석에 앉아 있는 김민혁에게 중간 목적지로의 출발을 재촉한다. 그러나 김민혁은 리철용의 독려에도 힘없이 두 팔을 운전대에서 내린 채 멍하니 앉아 있다.

"민혁아, 뭐 하고 있어? 빨리 출발하자!"

"아버지⋯ 차 키가 없어요⋯ 없어졌어요. 조금 전에 기사가 빼 갔나 봐요."

김민혁은 자포자기한 얼굴로 조금 전까지만 해도 차 키가 들어가서 자리잡고 있었지만 지금은 열린 채 비어있는 열쇠 구멍을 가리킨다. 어떤 순간에도 침착함과 평정심을 유지하던 리철용은 자신의 끓어오르는 분노를 참지 못하고 괴성을 질러댄다.

원주 제1야전군 사령부 대침투 작전 지휘 통제실, 중령 계급의 지휘통제반장이 헐레벌떡 작전 지휘 통제실로 뛰어 들어온다. 예하 작전부대 작전 참모들과 화상으로 수색 작전 현황 점검에 집중하던 작전 처장은 짜증 난 얼굴로 지휘통제반장을 쏘아본다.
"뭐야? 노크도 없이! 지금 회의하고 있잖아!"
"리철용과 김민혁이 속초로 이동하고 있는 것 같습니다."
"뭐?"
작전 처장뿐만 아니라 화상 화면과 마이크로 원격으로 상황을 지켜보던 모든 이의 시선이 불청객이었던 지휘통제반장의 입에 쏠린다.
"승려로 변장한 리철용과 김민혁을 태웠던 택시 기사가 신고를 해왔습니다. 약 한 시간 전에 그들이 자신을 풀어주었는데 그때 몰래 차 키를 뽑아 와서 멀리 도망은 못 갔을 거랍니다."
"위치는?"
"인제에서 속초로 넘어가는 1222번 도로이고 인제에서 차로 35분 거리입니다. 대략적인 좌표도 확인해놓았습니다. 택시도 그 자리에 그대로 세워져 있을 거라서 금방 찾을 겁니다."
작전 처장은 생각지도 못한 낭보에 본인도 모르게 지휘통제반장을 끌어안고 나서는 화상 회의 참석자들에게 명령을 하달한다.
"우선 171사단 작전참모! 우선 사단 수색대대 전 병력을 공중 강습으로 전개시키고 1개 중대는 해당 도로를 차단하고 2개 중대는 그 도로 양쪽의 무명고지 정상에 투입해 위에서부터 아래로 속초 방향으로 수색하시오. 그리고 모든 부대는 각각 1개 보병연대 병력을 차량으로 해당 좌표에 집결시켜서 수색을 지원하고, 적 발견 시 즉각적인 봉쇄선 점령이 되도록 준비하시오. 그리고 항공대장! 현재 공중 정찰 중인 모든 헬기를 해당 지역으로 투입시켜 주시오!"

작전 처장은 밝지만 단호한 어조로 30개가 넘는 화면을 각각 차지하고 있는 고급 장교들의 전투의지를 고취시킨다.

"자, 이제 우리가 반격할 차례입니다. 우리 군을 유린하고 우리 전우를 잔인하게 살해한 그들에게 대한민국군이 얼마나 강한지 본때를 보여 줍시다. 해당 지휘관들께 즉각 보고하고 신속하면서도 간단없는 작전 수행 바랍니다!"

작전 처장과의 통합 화상회의가 끝나고 5분도 채 지나지 않아 제1야전군 예하 전 부대에 현 상황이 공유된다. 천재일우(千載一遇)의 기회가 될 수 있는 간첩 소탕 작전에 지휘관들은 너나 할 것 없이 자신의 병력의 선두에 서서 전달받은 좌표로 병력과 함께 움직인다.

"아버지, 괜찮으세요? 조금만 천천히 움직일까요?"

"아니다. 괜찮다. 계속 가자."

리철용은 숨도 제대로 고르지 못하면서 발목까지 쌓인 눈을 헤쳐나가는 발걸음을 늦추지 않는다. 택시 기사가 자신의 경고를 무시하고 신고했을 가능성이 농후한 가운데 지체하면 할수록 꼼짝없이 체포되거나 사살될 운명에 처할 확률이 높아진다는 사실을 그는 잘 알고 있다. 김민혁은 뒤처지는 리철용을 부축하며 힘겨운 산행을 계속 이어 간다. 20여 분을 더 가다가 눈길에 발이 미끄러져 넘어진 리철용을 김민혁이 아름드리나무 아래에 앉힌다.

"괜찮다니까. 쉴만한 여유가 없다."

"아버지, 지금 쉬지 않고 걸은 지 두 시간째에요. 십 분만 쉬었다 가세요. 이러다가 잡히는 게 문제가 아니라 가다가 쓰러져요."

걸음을 멈추고도 리철용은 한참이나 가쁜 숨을 몰아쉰다. 세차게 요동치던 심장 소리가 가라앉고 한숨 돌리던 리철용과 김민혁의 머리 위로 적의 침입을 알리는 저주의 작은북 소리가 들려온다.

"군사 좌표 AC, 84, 0219, 1201 무명고지 8부 능선 위 휴식을 취하고 있는 거수자 2명 발견! 즉각적인 병력 투입 요망!"

공중 정찰 중이던 500MD 헬기 정찰조에서 들려오는 무전에 제1야전군 사령부 대침투 작전 회의실은 군인들의 환호성으로 가득 찬다. 작전처장은 전율을 일으키는 쾌감을 애써 누르며 신중하게 임무를 지시한다.

"알았다. 병력이 투입될 때까지 거수자를 추격하고 상황 보고하기 바람. 171사단 수색대대 1개 중대를 해당 좌표 전방 100m 지역에 투입하라!"

"거수자 2명 전방 골짜기로 뛰어 내려가고 있음. 즉각적인 인원 투입 요망. 계속 추적하겠음."

위치가 발각된 거수자 두 명은 비탈진 산길에 넘어지고 쌓인 눈에 미끄러지며 몸을 던지다시피해 골짜기를 향해 내려간다. 그들의 도주 방식을 예상하고 사전 준비가 되어 있던 작전 처장은 추가 명령을 하달한다.

"각 부대는 부여된 책임 지역상 봉쇄선을 점령하고 적의 도발에 대비하라!"

4천 명이 넘는 군 병력이 도망자들을 중앙에 두고 굴곡이 많은 타원형으로 토끼몰이를 하듯 에워싸기 시작한다. 공중에 줄지어서 떠있는 수대의 헬기에서 내려온 로프를 타고 100여 명의 171사단 수색대대 중대 병력이 산 정상에 투입되며 봉쇄선 안쪽으로 독 안에 든 쥐를 쫓는다.

"각 소대 하강 완료했으면 이상 유무 보고하라."

"1소대 이상 무(無)!"

"2소대 동(同)!"

"3소대 동!"

171사단 수색 대대 1중대장 조 대위는 전 병력이 무사히 하강한 것을 확인하고 소대별 세부 명령을 하달한다.

"1소대장! 1소대는 현재 정면 하단의 골짜기 좌측에 보이는 독립 소나무를 기점으로 병력을 전개하라! 3소대장! 3소대는 우측 하단에 보이는 바위를 기점으로 병력을 전개하라! 2소대는 나와 함께 정면으로 향한다!"

간첩 두 명을 잡기 위한 두 개의 고리가 만들어진다. 땅에 박혀 움직이지 않는 울타리처럼 외곽에서 자신의 자리를 지키는 넓은 띠 모양을 한 병력, 안쪽으로는 작은 고리가 점차 범위를 줄여나가면서 목표물에 다가간다. 중대장이 맨 앞에 서고 그 뒤를 2소대장과 나머지 병력이 따라 움직인다.

"탕! 탕! 탕!"

골짜기 바위 아래에 숨어 있던 리철용이 북한제 AK 자동소총으로 위협 사격을 가한다. 지휘관을 포함해 실전 경험이 전혀 없는 수색대대 병력은 수백 대 일의 화력 상의 우위에도 불구하고 대응 사격을 제대로 하지 못한 채 바닥에 주저앉아 엎드린다.

"두려워하지 마라! 저들은 단 두 명일 뿐이다. 우리가 평소 훈련한 대로 자신의 위치를 지키고 대응하라!"

중대장 조 대위의 외침에 수색 대원들은 각자 자리를 찾으며 대형을 갖추어 나간다.

"탕! 탕! 탕! 탕!"

그러나 연이어 터지는 총기 파열음에 병력은 다시 우왕좌왕하며 혼란에 빠진다. 중대장은 동요하고 있는 병력을 진정시키려고 하다가, 눈 속에 고개를 박고 있는 유탄수의 품에 안긴 K201 유탄 발사기[7]를 발견한다. 중대장은 그 곡사 화기를 뺏어 들고 적의 무차별 사격에도 굴하지 않은 채 그 자리에서 일어나 바위를 향해 방아쇠를 당긴다. 외관과는 어울리지 않게 가볍게 '퐁'하는 소리와 함께 날아간 작은 수류탄은 바위에 닿자마자 엄청난 굉음을 일으키며 폭발한다. 사방을 뒤흔드는 폭발음으로 계속 이어지던 적의 위협 사격이 멈춘다. 조 대위는 다시 병력을 정비하고 맨 앞에 서서 병력을 이끈다. 갑자기 바위 뒤에서 김민혁이 뛰어나간다. 순간 바위를 조준하고 있던 2소대장의 총구가 불을 뿜는다. 김민혁의 등 뒤에 총알이 박히고 그가 눈 위로 쓰러진다. 검붉은 피가 스며들며 하얀 눈이 조금씩 검은빛으로 물 들어간다.

---

[7] 한국형 소총 K2 소총에 장착하여 사용하는 유탄 발사기.

수평선

 인지에서 식별, 도주 그리고 사살까지 두 달이 채 되지 않은 전방 부대 유흥주점 간첩단 사건은 주요 혐의자들의 죽음과 적극 가담자들의 체포로 최종 마무리가 되었다. 21세기형 새세대 공작원에 의한 북한의 대남 도발이 국내외 언론에 의해 대서특필 되면서 군 자체적으로 군 내 북한 침투 세력을 찾아내 종료시킨 대한민국 국군의 작전 능력에 대한 치하와 축하가 연일 계속된다. 그러나 그 기쁨은 작전 마지막에 뜻하지 않게 합류하여 눈앞에 잡히는 결과를 가져오게 된 제삼자들 만이 온전히 누리게 된다.

 늦은 오후 덥수룩한 수염에 삐쩍 마른 30대 청년이 한 달 가까이 본인의 정신과 육체를 가두었던 기무사령부 소속 송파구 안전 가옥의 고급 주택의 철문을 나선다. 여전히 쌀쌀한 날씨에 코트를 여미는 그의 앞에 반가운 얼굴이 나타난다.
 "대오야! 여기는 어떻게 알고 왔어?"
 석대오 경감은 환하게 웃으며 아무 말 없이 박치환 대위를 끌어안는다.

"형님, 고생하셨습니다. 기무사 처장님께서 특별히 형님을 챙겨 달라고 전화를 주셔서 미리 알고 마중 나왔습니다. 아이고 우리 형님 한 달 넘게 다이어트 제대로 하셨네! 가시죠. 일단 형님 몸보신부터 시켜야겠습니다."

박치환 대위는 멀리서 자신을 보기 위해 마중 나온 석 경감에게 미안한 눈빛을 보낸다.

"대오야."

석대오 경감은 지금의 박 대위 눈빛을 예견이라도 한 듯 한숨을 짧게 쉰 뒤 작은 쪽지 하나를 내민다. 박치환 대위가 두 번 접힌 종이를 펴자 또박또박 정자로 적힌 짧은 메모가 적혀있다.

"고맙다. 대오야."

"교도관에게 제 이름을 대면 특별 면회실로 안내해 줄 겁니다."

서울시 구치소 경기도 의왕시 교도관 교위 이상윤. 석 경감은 쪽지를 건네주고 돌아서려고 하다 바삐 움직이려던 박 대위의 손목을 잡아끈다.

"아무래도 안 되겠습니다. 저랑 같이 가시죠! 제가 모셔다 드리겠습니다."

박 대위가 고개를 좌우로 흔들며 거절 의사를 보냈지만 석 경감은 완고하다.

"지금 운전도 못하시지 않습니까? 일단 제가 구치소까지만 모셔다드리고 돌아가겠습니다. 그리고 이대로 형님 못보냅니다. 가는 길에 밥도 좀 먹이고 해야겠습니다."

박 대위가 옅은 웃음을 지어 보이며 석 경감의 뒤를 순순히 따른다. 자신의 성의를 알아주자 석 경감은 운전대를 잡자마자 웃음을 지어 보이며 그동안 못했던 회포를 풀기 시작한다.

"형님, 참 김충경 중사 얘기는 들으셨습니까?"
 박 대위는 까마득히 잊어버리고 있던 이름이 귓전을 울리자 석 경감을 바라본다.
 "어 그래. 김 중사는 지금 어디 있어?"
 "형님이 진짜 저 말고는 사람 보는 눈 없다는 거 다시 한번 깨달았습니다. 그 새끼 아주 개새끼입니다."
 "뭐? 왜?"
 "그 새끼가 저랑 형님 뒤통수치고 저 혼자 잘 해보려고 하다가 일이 꼬이니까 국정원에 지원해서 그쪽으로 가버렸습니다. 기무사에 아무런 말도 없이 국정원에 플라밍고 사건에 대한 정보를 주고는 자기가 능력 있는 사람이니 스카우트해가라고 했답니다. 기무사령관님도 열 받아서 김충경 중사 직접 불러다 놓고 앞길 막아 버리겠다며 격분했다는데요!"
 실망스러운 표정을 짓던 박 대위는 이내 밝은 낯빛으로 바꾸며 석 경감을 달랜다.
 "뭐 기회가 있으면 가야지. 그리고 나는 너만 있으면 된다."
 "참 형님은 속도 좋아."
 구치소 도로변의 작은 식당에서 식사를 마친 두 사람이 구치소 입구에 도착한다. 일반 면회 대기실에서 기다리고 있던 두 사람 앞에 같은 나이대의 젊은 교도관이 나타나 석 경감을 알아보고 반긴다.
 "치환 형님, 저는 가보겠습니다. 이 교도관님, 저희 형님입니다. 잘 부탁드립니다."
 "네, 걱정하지 마십시오."
 석 경감은 약속대로 적절한 타이밍에 자리를 비켜준다. 간단하게 몸수색을 받고 교도관을 따라 들어가자 창문이 있는 제법 널찍한 방에 도착한다. 교도관 역시 묵례를 하며 자리를 비켜준다.

"바로 나올 겁니다."

"감사합니다."

따사로운 햇살이 창문을 통과해 방안으로 들어온다. 그 햇빛에 몸을 쬐려고 다가가다가 창문에 덧댄 쇠창살의 그림자를 보고 멈칫한다. 나무 바닥이 사람의 무게에 눌려 삐걱거리는 소리를 내며 문이 안쪽으로 열린다. 연한 녹색의 수의를 입고 고개를 숙인 김지은이 모습을 드러낸다. 그녀가 고개를 들어 박 대위와 눈이 마주치자마자 박 대위에게로 달려가 그의 품에 안긴다. 그녀의 돌발행동에 뒤따라온 여자 교도관이 말리려고 하자 박 대위가 손짓으로 괜찮다는 신호를 보낸다. 박치환 대위에게 한때 낭만이었고 항상 김민희였던 20대 젊은 여인은 영어(囹圄)의 몸이 되어서야 자신의 본명을 자신의 연인에게 알린다. 한참을 안겨서 눈물을 쏟아낸 김지은을 박 대위가 접이식 의자에 앉힌다.

"오빠, 정말 미안해요. 나중에 다 말하고 자수하려고 했어요. 그리고 제가 오빠를 사랑한 마음만큼은 모두 진짜고 진심이에요."

거짓의 민낯이 드러날 때 위기를 모면하기 위해 전형적으로 내뱉는 핑계와 말, 그리고 그 시기까지 일치하지만, 김지은의 뒤늦은 고백은 일반 사람들과 다른 진정성이 묻어있다.

"사실 처음 데이트할 때 진심으로 대해주는 오빠가 정말 고맙기도 했지만, 미안했었어요. 그래서 억지를 써서 도망간 거고요. 근데 어떻게 알고는 저를 찾아와 안아주는데 도저히 진실을 얘기할 수 없었어요. 정말 미안해요."

"그래, 몸은 괜찮아?"

김지은은 안부를 묻는 박 대위의 물음에 말없이 고개를 끄덕이며 작은 가방에서 물건을 꺼내어 테이블 위에 올려놓는다.

"이거는 제가 플라밍고에서 일하는 동안 모은 돈이에요. 어차피 전 여기서 나갈 수 없어서 쓸 수도 없어요. 그러니 오빠 원하는 곳에 쓰세요. 그리고 이거……"

김지은은 정성스레 직접 손으로 짠 목도리를 들어올린다. 그녀는 슬픔을 이기지 못하고 다시 오열한다. 지금 이 상황이 박치환 대위에게는 너무 견디기 어려운 것일까? 그는 그녀를 안아 주려다 의자에서 일어나 목메어 우는 김지은을 두고 면회실을 걸어 나온다.

문 앞에서 기다리던 교도관과 눈빛으로 인사를 나눈 뒤 박치환 대위는 거칠게 차를 몰아 구치소를 벗어난다. 갑자기 바다가 보고싶다. 김지은이와 함께 걸었던 바다, 그 아득한 바다가 가슴으로 밀려온다.

평일 오후 한산한 도로를 전속력으로 달리기 시작한다. 중간중간에 욕설이 들릴 정도로 한참 동안을 사납게 달린 차는 눈에 익은 해변에 도착한다. 어느새 바다는 어둑어둑하다.

똑똑, 똑똑똑

박치환이 유리문을 빼꼼히 내리자 문을 두드렸던 남자가 고개를 숙이고 휴대전화를 내민다. 전화를 받아 들자 수화기 저편에서 낯선 목소리가 들려온다.

"박 동무! 내래 무슨 말로 우리 박 동무의 업적을 칭송해야 할지 모르겠소! 너무 잘했소! 역시 우리 공화국의 혁명전사 박 장군의 제일의 자랑스러운 아들답소! 덕분에 우리 손에 피 한 방울 안 묻히고 남조선에 있던 39호실 반대파 놈들을 싹 다 쓸어버릴 수 있었소! 리철용이 돈도 벌고 정보도 모은다고 얼마나 허세를 부리던지 완전히 눈엣가시였는데 이번에 완전히 척결했소! 내가 박 동무의 조국을 향한 능력과 충성심에 경의를 표하는 바요!"

　차가운 겨울 바닷바람이 품속을 파고드는 날씨에도 바다 끝의 수평선을 바라보며 팔짱을 낀 채 해변을 거니는 커플들이 제법 보인다. 그들의 행복을 시샘하듯 맑은 하늘이 그들의 머리 위로 빗방울을 떨구자 이내 종종걸음으로 해변을 벗어난다. 해변의 간이의자에 앉자 온갖 생각들이 파도처럼 밀려온다. 조금 전에 받은 전화 목소리가 섬뜩하다. 적을 이용해 적을 친다는 이이제이(以夷制夷), 이보다 훌륭한 전략과 계획이 어디 있겠나! 그들의 표현대로 피 한 방울 묻히지 않고 정적을 쓰러뜨리다니 기막힌 술책이 아닌가.

　박치환은 쓴웃음을 짓다 눈을 감고 의자에 기댄 채 김지은과의 행복했던 한 때 그 해변의 기억을 떠올린다.
　"와! 저기 수평선 너무너무 이쁘다. 그죠? 매일매일 아침저녁으로 수평선을 볼 수 있는 곳에서 살면 정말 좋겠어요!"
　"그래? 나는 생각이 좀 다른데? 수평선이 있어?"
　"아니 무슨 소리예요? 지금 우리 수평선을 보고 있잖아요!"
　"아니 내 말은 사전적 의미처럼 물과 하늘이 실제로 만나서 경계를 이룰 수 있어? 눈에 보인다고 해서 전부 다 진실이고 꼭 존재하는 것은 아니야. 오히려 나는 우리 눈을 속이고 우리를 기만하는 저런 수평선이 우리 주변에 너무 많아서 살기 힘들다고 생각하는데?"
　"역시 그럴 줄 알았어! 그런 따분한 얘기 그만하고 우리 맛있는 회나 먹으러 가요."

광활한 아프리카 초원의 늪지대에 내려앉는 홍학의 군무는 장엄하다. 낙조를 배경으로 일시에 날아오르는 수천 마리의 홍학 떼를 보고 싶다. 가느다란 다리를 가진 플라밍고는 알을 품을 때와 목욕할 때를 제외하고는 대부분 한 다리로 서 있는 시간이 많다. 왜 한 쪽 다리로 오래 서 있는 것일까? 이것은 두 다리로 서 있는 것보다 한 다리로 서 있는 것이 에너지 소모가 훨씬 덜하기 때문이다.

술취한 군인들이 질척거리는 밤늦은 인제의 후미진 골목, 휘황하게 돌아가는 네온사인 불빛 속에 외발로 서 있는 반나의 젊은 여인의 춤은 위태롭기만 하다. 물먹은 빨래줄처럼 축 늘어진 검은 수평선 너머로 홀로 비행하다 길 잃은 플라밍고처럼.

플라밍고의 춤

초판 인쇄 2019년 4월 15일
초판 발행 2019년 4월 20일

지은이 / 박 진 우
펴낸이 / 박 진 환

펴낸 곳 / 만인사
출판등록 / 1996년 4월 20일 제03-01-306호
주소 / 41960 대구광역시 중구 명륜로 116
전화 / (053)422-0550
팩스 / (053)426-9543
전자우편 / maninsa@hanmail.net
홈페이지 / www.maninsa.co.kr

ⓒ 박진우, 2019

ISBN 978-89-6349-132-5 03810

값 15,000원

* 이 책의 내용의 전부나 일부를 사용하려면 반드시 저작권자나 만인사 양측의 동의를 받아야 합니다.
* 이 도서의 국립중앙도서관 출판시도서목록(CIP)은 서지정보유통지원시스템 홈페이지(http://seoji.nl.go.kr)와 국가자료공동목록시스템(http://www.nl.go.kr/kolisnet)에서 이용하실 수 있습니다(CIP제어번호 : CIP2019013606).